わたしのねこ メイベル

ジャクリーン・ウィルソン
ニック・シャラット 絵
吉上恭太 訳

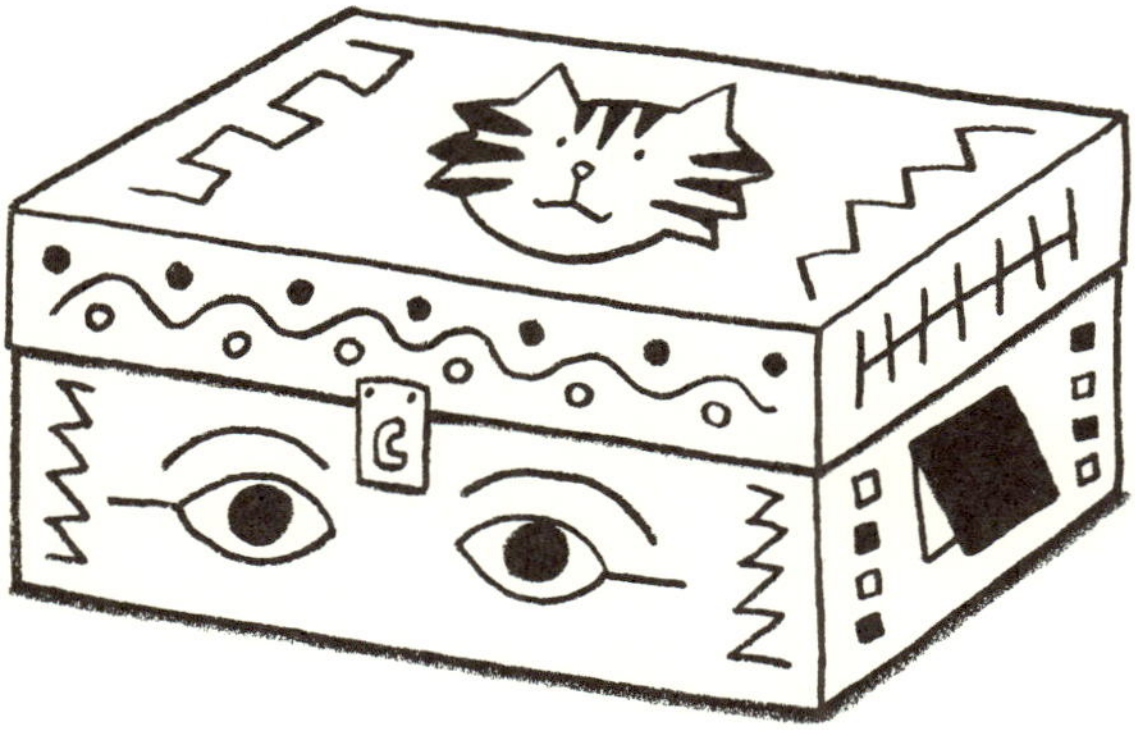

小峰書店

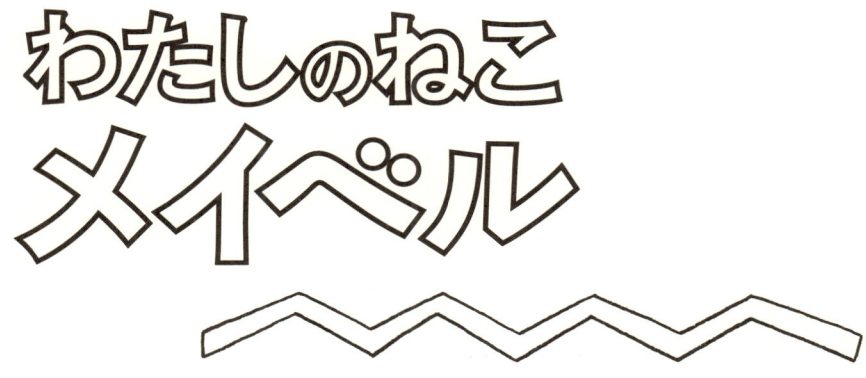

THE CAT MUMMY
by Jacqueline Wilson
Illustrated by Nick Sharratt

わたしのねこ
メイベル

目次

第1章

メイベル

ねえ、あなたのうちには、ペットがいる？　わたしのいちばんの親友《しんゆう》のソフィーは、子ねこを四ひき、かっているの。名前はスポーティ、スケリー、ベイビーにポッシュっていうんだ。二番目になかよしのローラは、ダストビンっていう、ゴールデンレトリバーをかっている。ダストビンって「ごみい

れ」のことなんだけど。

ボーイフレンドのー、ま、いちおうのなんだけど、アーロンも犬をかっているの。色は黒くて雑種《ざっしゅ》。だからリコリス・オールソーツって名前をつけてるわ。「いろんなキャンディーのつめあわせ」っていう意味《いみ》なの。でも、いつもはみじかく、リッキーってよんでる。

わたしが、この世《よ》でいちばんだいっきらいな子、モイラは、ボアって種類《しゅるい》のおおきなヘビをかっているんだって。名前はクラッシャー。でも、モイラの家なんかいったことないから、ほんとかどうかわからないんだけど。

わたし、ソフィーがいちばんうらやましいな。ソフィーの家にいって、子ねこたちと遊《あそ》ぶのがだいすきなの。あちらこちらを走りまわって、ほんとうにかわいいんだから！　いろんなものをひっくりかえしたり、カーテンをひっぱるから、ソフィーのママはときどきおかんむり。そんなことしちゃだめって、鼻先《はなさき》でゆびをふっていいきかせるけれど、子ねこたちはしらんぷり。子ねこたちがほんのちょっと、こわがるようすを見せるのは、ちいさなぜんまいじかけのカエルだけ。カエルを見ると、いちもくさんににげていた。でも、このごろスケリーは、前足を思いっきりのばして、カエルをつかまえようとしているわ。ああ、ソフィーの子ねこたちとなら、一日じゅう遊《あそ》んでいたいぐらい！

ローラの家にもお茶によばれて、ダストビンとなかよくなった。クリーム色で大きな黒いひとみが光っているの。手をさしだすと、ちゃんとお手をするのよ。なんでダストビン、「ごみいれ」っていう名前なのか、すぐにわかった。だってダストビンったら、いつも食べてるんだもの！　まるまるふとっちゃうから、ダイエットしなくちゃいけないのに、食べ物をあさってばかりいるの。ポテトチップスがだいすきで、ふくろまでなめちゃうんだから。

なめるのでは、アーロンの犬のリッキーもまけないわよ。毎日、学校からかえるとアーロンは、リッキーを公園《こうえん》につれていくの。わたしのおばあちゃんとアーロンのママは、ベンチにこしかけておしゃべりをしたり、アーロンのいもうとのエイミーをあやしている。わたしとアーロンは、リッキーを遊《あそ》ばせるの。いっしょにくるくるコースターっていうのり物にのるんだけど、アーロンのひざの上でリッキーは、むちゃくちゃにほえるんだ。リッキーった

ら、くるくるコースターがだいすきなの。

おねだりがうまくいったときは、おばあちゃんかアーロンのママが、公園《こうえん》の入り口にいるアイスクリーム屋《や》さんで、アイスクリームを買《か》ってくれる。アーロンは、リッキーにもアイスクリームをわけてあげるの。それじゃ不公《ふこう》平《へい》だから、わたしもコーンをリッキーにあげるんだけど、おばあちゃんはだめだっていう。犬のバイ菌《きん》がうつるからって。おばあちゃんは、バイ菌《きん》がだいきらい。動物《どうぶつ》はあまりすきじゃないみたい。メイベルはべつだけど。

モイラが、クラッシャーっていうへビをかってるっていったら、おばあちゃん、なんていうだろ？ わたしも、へビってあまりすきじゃない。モイラは、わたしのうしろの席《せき》なんだけど、きょうだって、身《み》をのりだして、わたしの首にうでをまきつけてこういったの。

「気をつけな、ヴェリティ、クラッシャーがきたぞ！」

もちろん、モイラだってことはわかっていたし、クラッシャーなんてヘビはいない、とは思っていても、悲鳴《ひめい》をあげちゃった。みんな、クスクスわらっていた。モイラはわらいすぎて、ほとんど泣《な》きだしそうだった。スミス先生は、わたしが大声をだしたことをしからなかったし、モイラのこともおこらなかった。きれいな黒いまゆをすこしあげて、「さあ、しずかにしなさい」といっただけだった。

スミス先生ってだいすき。新しくきた先生で、いままででいちばんいい先生だと思う。それにしても、モイラっていやな子。ほんとうにクラッシャーがいるんだったら、朝起《お》きたとき、モイラのまんまるい目や、ピクピクする鼻《はな》を見て、おおきなネズミとまちがえて、のみこんじゃえばいいのにな。

わたしだったら、ヘビなんかペットにしないな。まあ、でも、ヘビって、じまんできるペットだとは思うけど。

わたしにもペットがいる。メイベルっていうトラねこ。わたし、メイベルのこと、ほんとうにだいすきなんだけれど……。

メイベルって、すごく、すごく、すごーくたいくつなの。なんにもしないんだもの。ただねているだけ。学校にいくとき、メイベルは、わたしのベッドでまるくなってねているんだけど、かえったときもそのままねている。ほんのすこしも動《うご》いていないの。夜にでかけて、ワルのオスねことでくわすな

んてこともない。メイベルって、ぜったいそんなことしない。

家のなかで、午後はずっといねむりをして、夜は、ぐっすりわたしのベッドでねている。わたしの足もとにねころんで、まるで生きたゆたんぽみたい。まったく遊《あそ》ぼうとしないのも、ゆたんぽみたいね。メイベルが、スポーティとか、スケリーとか、ベイビーやポッシュみたいな、かわいらしい子ねこだったことがあるなんて、信《しん》じられない。カエルのおもちゃをメイベルのまえに走らせても、きっとなんにもしないから。生まれてから、いちどもえものをさがしたり、殺《ころ》したりしたことなんかない。ねこがそうやってえさをとることなんて、しらないんだから。メイベルは、うれしそうにキッチンまでのそのそ歩いて、おばあちゃんが、キャットフードのかんづめをあけるのをまっている。メイベルが動《うご》くのは、一日じゅうでたったそれだけ。

メイベルはとても年をとっているからだと、おばあちゃんはいう。メイベルは、わたしがちいさいときから、おばあちゃんねこだった。メイベルは、わたしのママのねこだったから。

ママは、もういないの。わたしが生まれたときに死《し》んじゃったんだって。わたしがしっているのはそれだけ。おばあちゃんはママのことを話すとき、きまってなみだをうかべる。おじいちゃんだって泣《な》いちゃう。だから、わたし、ママのことは話さないことにしている。だって、おじいちゃんや、おばあちゃんを悲《かな》しませたくないもの。

パパはいるけれど、あまり会《あ》えないの。だって、わたしが起《お》きるまえにでかけちゃうし、わたしがねるときは、まだ仕事をしているから。パパは仕事と結婚《けっこん》しているって、おばあちゃんがいったことがある。ほんとうの女の人とは、いまのところ結婚《けっこん》しないみたい。わたしだって、まま母はいやだな。おとぎばなしにある、まま母の話はぜんぶ読んだ。まま母って、あまりいい感《かん》じじゃないな。ローラには、まま父がいるけど、やっぱりすきじゃないみたい。ローラのパパは、ダストビンにダイエットさせてるの。ついでにローラのママにも、ダイエットさせたがってるんだって。下半身《かはんしん》デブになってるって、ローラのママをあせらせたみたい。そんなのしょうがないじゃない。

パパは、おしりがおおきくても、ちいさくても、女の人には興味《きょうみ》ないみたい。あぁ、よかった。あまりママのことを話したがらないけれど、いちどだけ、世界《せかい》でいちばんすてきな女の人だって、いっていた。ママのかわりになれる人なんか、いないんだって。それをきいてわたし、とても安心した。

わたし、パパのことだいすき。土曜日はたまに、ふたりだけでおでかけする。このあいだの誕生日《たんじょうび》には、電車にのって、パリとディズニーランドにつれていってくれた。すごいでしょ。おおきなミニーマウスの人形だって買《か》ってくれた。いつもベッドでいっしょにねているんだ。メイベルもいっしょにねるから、ちょっとせまいけれど。

まわりの人は、ママがいないから、わたしのこと、かわいそうに思うみたい。いつかソフィーがわたしをだいて、とてもつらいでしょ、といったっけ。そのときわたし、思いきりさびしそうにしたら、ソフィーはとてもやさしくしてくれた。けれどもわたし、ママがいないことを、なんとも思っていないんだ。ちっともさびしくない。だってママのことなんか、しらないんだもの。

悲《かな》しくなるのは、ママのお墓《はか》にいったときだけ。とてもきれいなお墓《はか》で、白い墓石《はかいし》には「最愛《さいあい》の妻《つま》、娘《むすめ》」って飾《かざ》り文字でほられている。

おばあちゃんは、フリージアをちいさな花びんにいけてあげている。ママのすきな花なの。でも、わたし、ピンクと黄色の花の下、白い墓石《はかいし》の下にいる、かわいそうなママのことを考えてしまう。くらくて、きたない土のなかにいるんでしょ。ミミズだっているじゃない。ママがそんな土のなかに、うめられているなんて、考えたくもない。

わたしは、ママが生きているって思うことにした。これ、秘密《ひみつ》なんだけど、ときどきメイベルに、ママのことを話しているんだ。メイベルだったら悲《かな》しまないでしょ。

わたしが話しても、話しても、話しても、ママのことをどんなにたくさん話しても、メイベルはきいてくれる。ねていないときならね。

第2章

メイベルはどこにいったの?

学校からかえってきて、玄関《げんかん》ホールにかけこんだとき……。

「ゲッ!」わたし、メイベルのゲロをもろにふんじゃったんだ。

つまさきがあいているサンダルをはいていたから、最悪《さいあく》だった。「ゲッゲッゲーッ」っていいながら、家のなかを

はねまわった。おばあちゃんがため息《いき》をついて、わたしをキッチンにつれていって、消毒薬《しょうどくやく》をいれた水でふいてくれた。

メイベルは、玄関《げんかん》ホールのすみっこで首をうなだれてふるえていた。

「メイベル、どうしてわたしが歩くところにゲロなんかはくの！　いったいなにを食べたのよ、まったくしょうがないねこなんだから。いやになっちゃう！」

メイベルはしょんぼりして、こそこそとでていった。

「すこしは、わるいと思ったのね」

「ヴェリティ、そんなにメイベルをしかっちゃだめよ。きっとぐあいがわるいんだわ。もどしたのはこれで二度目《にどめ》だし、ちょっとした失敗《しっぱい》みたいなものでしょ」おばあちゃんがいった。

「ちょっとした失敗《しっぱい》が多すぎるのよ、メイベルは。まったくのろまなんだから！　自分のお皿《さら》にいくまでに、もどしちゃうんなんて」

「メイベルは、もうわかくはなれないの、わかるでしょ」

「おばあちゃんだって、わかくはないけど食べ物をもどしたり、そこらじゅうでおもらしなんかしないじゃない」

そういって、わたしはふきだした。

「なまいきいって！」おばあちゃんは、おしりをたたくまねをした。

おばあちゃんはわらったけれど、すこし心配《しんぱい》そうだった。胃《い》がきゅっとし

た。

「おばあちゃん、メイベル、どこかわるいんじゃないよね。ちょっとおなかのぐあいが、おかしかっただけなんでしょ？」

おばあちゃんは、ためらいがちにいった。

「そうだといいんだけど。メイベルはどんどん年をとっちゃうから」

「お医者《いしゃ》さんにつれていったほうがいい？」

「お医者《いしゃ》さんだって、役《やく》に立つかどうかわからないね」

胃《い》が、もっときゅっとしてきた。

「でも、メイベル、また元気になるよね、おばあちゃん？　あのさ……死《し》んだりしないよね」

わたし、いってはいけないことばをいってしまって、顔が赤くなった。「死《し》ぬ」とか「死《し》」は、わたしの家では、つかってはいけないことばだった。

「そうね……」おばあちゃんはつぶやくようにいった。「だれにでも、いつかはその日がくるものよ」

「でも、もっともっとあとのことでしょ。メイベル、すぐには死《し》なないよね」

おばあちゃんは、ちゃんとはこたえなかった。ただ肩《かた》をすくめただけだった。

「さあ、おいしい特製《とくせい》レモネードでもつくろうかね。テレビでも見ていなさい」

いつもだったら、おばあちゃんは、特別《とくべつ》な日にしかレモネードをつくらなかったし、わたしにテレビを見るなとうるさいのに。おばあちゃんは、わたしが本を読んだり、絵をかいたり、庭《にわ》で遊《あそ》ぶほうがすきだった。

わたしは、だんだんこわくなってきた。おばあちゃんは、もうすぐメイベルが死《し》ぬかもしれないと思っている。ばかみたいって思われるかもしれないけれど、わたし、メイベルが死《し》ぬなんてこと考えたこともなかった。年をとっていることはわかるけれど、メイベルはずっとあのやわらかい前足をのばして、よろよろと歩いているって思いこんでいた。

かわいそうなメイベルにあんなことをいって、とても、とても、とてもわるいことをしたという気がしてきた。思いきりだきしめて、あやまりたかった。

「すぐにもどる」そういって、わたし、二階《にかい》の自分の部屋《へや》にかけあがった。

メイベルがいつもひそんでいるところだ。

ベッドはからっぽだった。ううん、ミニーマウスが、きいろいくつをななめにつきだしていたけれど、メイベルはいなかった。

「メイベル、どこ？」わたしは、ミニーマウスをわきへどけてみた。

ベッドの下をのぞいてみた。メイベルは、玄関《げんかん》ホールのカーペットにはいちゃったことを気にしているのかもしれない。いつだったか、ベッドの下にかくれていたことがあった。でも、メイベルはいなかった。

「メイベル？　どこにいっちゃったの？」

わたしは、部屋《へや》のすみずみまでさがした。カーペットの上のおもちゃや、洋服《ようふく》のあいだ、カーテンのうらの窓《まど》わくもさがした。でも、メイベルはいなかった。

おじいちゃんとおばあちゃんの部屋《へや》もさがしてみた。おばあちゃんはメイ

ベルがはいりこまないように、いつもドアをしめていたのに、ずっとまえから、メイベルはおしりで強くおして、とめ金《がね》をはずす方法《ほうほう》を見つけていた。わたしはベッドの上、マットの上、ロッキングチェア、鏡台《きょうだい》の下までさがしてみた。

おふろにもいってみた。メイベルは水がだいきらいで、わたしが、おふろからお湯《ゆ》をひっかけたら、悲鳴《ひめい》をあげるぐらいだったけど。

わたしは、急《いそ》いで一階《かい》にかけおりて、キッチンにいった。おばあちゃんは、レモネードをかきまわしているところだった。

「おばあちゃん、メイベルがいない！」

「ヴェリティ、あなたのベッドじゃないの？　衛生的《えいせいてき》には、よくないんだけどね。とくにメイベルのぐあいがわるいときは。ベッドの上ではいたらこまるでしょ」

そんなこと気にならないほど、わたしはメイベルのことが心配《しんぱい》だった。

「どこにいるの？」

「じゃあ、居間《いま》じゃない？」

暖炉《だんろ》のまえのマットは、メイベルのお気にいりの場所だった。夏のあいだは暖炉《だんろ》には火がないってことに、メイベルは気づいてないみたい。まるで、自分のからだをこんがりやくみたいに、まずねころがって、しばらくしてから、あくびをしながらのびをして、こんどは反対側《はんたいがわ》をむいてねころぶ。ときどきわたしは、暖炉《だんろ》のそばのイスにすわって、はだしの足をしずかにメイベルのせなかにのせてみる。大きな毛皮《けがわ》のスリッパみたいだった。

でもマットには、メイベルはいなかった。ただ、メイベルのからだのかたちに、ねこの毛がのこっていて、朝、おばあちゃんが掃除機《そうじき》をかけてから、そこにしばらくねていたことがわかった。メイベルはイスにも、ソファにも、テーブルの下にもいなかった。どこにも見あたらなかった。

「おばあちゃん、いないよ！」

「メイベル？　いい子ね、いい子、でてらっしゃい、おばあちゃんねこ。メイベール！」

メイベルは、すがたをあらわさなかった。

「きっと庭《にわ》にいるんじゃない。さあ、まずレモネードをのみなさい。チョコビスケットちゃんもあるわよ。食べて」

おばあちゃんは、世界《せかい》じゅうでいちばんのおばあちゃんだけど、ほかのおばあちゃんのように、わたしを赤ちゃんあつかいする。チョコビスケットちゃんだって！　それじゃ、わたし、まるで赤ちゃんみたいじゃない。

わたし、チョコレートビスケットをふたくちで食べて、レモネードをのみほすと、メイベルをさがしに庭《にわ》へかけだした。

裏口《うらぐち》には、ねこ用の出入口があって、メイベルはそこから庭《にわ》にいけるんだけど、最近《さいきん》は外にでようとしなかった。ほかのねこにであって、ちょっかいをだされるのが、いやだったみたい。通りの向《む》こうに、おおきな茶色いオスねこがいて、べつにメイベルにわるいことをするわけじゃないけれど、わたし、いつもおっぱらってたの。それでもメイベルは、すっかりこわがって、ずっとふるえていた。それからメイベルは一歩た

りとも庭《にわ》にはいらない。

わたしは、ありとあらゆるところをさがしてみた。家にかえってきたおじいちゃんも、いっしょにさがしてくれた。おじいちゃんは、ほかの通りもさがしてみるっていった。

「いっしょにさがしてもいいでしょ、おじいちゃん」

おじいちゃんも、おばあちゃんも、だめっていった。どうしてなのかいわなかったので、わたしはだだをこねた。そうしたら、おばあちゃんがしかたなさそうにいった。

「メイベルに、とても悲《かな》しいことがおこったかもしれないの。ヴェリティ、あなたに見てほしくないし、つらい思いをさせたくないわ」

「悲《かな》しいことってどんなこと？」わたしはわかっていたけれど、きいた。

「メイベルは、自《じ》動車《どうしゃ》にひかれたかもしれない。年をとっていたし、動《うご》きもにぶいから。それに目だって、よく見えなかったと思うから」

「でも、わたし、おじいちゃんがメイベルをさがすのを手伝《てつだ》いたい！　けがをしてたらどうするの？　メイベルがいたがってるなんて、まいごになっておびえているなんて、がまんできない」

「おじいちゃんがきっと見つけてくれるわ。だいじょうぶ」

　でもおじいちゃんは、首をふりながら、かえってきた。メイベルがどこにいったのか、まったくわからない。

「メイベルに会《あ》いたい」わたしは泣《な》きだした。

おばあちゃんは、わたしをひざの上にだいて、やさしくゆすってくれた。

赤ちゃんあつかいだけれど、わたし、うれしかった。おじいちゃんは、お話を読んでくれた。わたしは、泣《な》くのをやめたけれど、メイベルのことで胸《むね》がいたいのは変《か》わらなかった。

パパがかえってきたとき、わたしは、まだねむっていなかった。パパは、ドアから顔をのぞかせて、わたしがまた泣《な》きはじめるとベッドにこしかけた。

「ねえ、パパ。メイベル、どうしちゃったの？　どこかにいっちゃうはずないよね。だって、いままで迷子《まいご》になったことなんてないし、遠くにいくなんてことないもの。でもいないの。わたし、あんなにさがしたのに」

「たいへんだったね。いいかい、メイベルが、迷子《まいご》になったことをしらせるビラをつくろう。コンピュータでたくさんつくるから、近所にはりだせばいい」

「そしたら、メイベルはかえってくるの？」

「うん、うまくいけば」

「やくそくする？」

パパはうなずかなかった。

「やくそくはできないよ。ヴェリティ、わかるね」

「メイベルに会《あ》いたいの、パパ。わたし、あまりやさしくしてあげなかったんだもの。ねてばかりいるって、もんくをいったり。

メイベルがねむたいのは、わかっていたのに。いますぐ、わたしのベッドでねかせてあげられたらいいのにな」

「そうだね」

「メイベルのことが頭をはなれないの。きっと、メイベルも泣《な》いているんじゃないかって」

パパはわたしがおちつくまでずっといっしょにいてくれた。ほんのすこしねむったみたい。目をさますと部屋《へや》はまっくらだった。メイベルがいるかと思って、手さぐりしたけれど、やはりいなかった。

わたしは、しかたなしにミニーマウスをだきしめた。でもメイベルとはぜんぜんちがう。だれもメイベルのかわりになんてなれない。メイベルをだきしめたい。そして、どんなに大切《たいせつ》に思っているか、きいてもらいたい。

第3章

古代《こだい》エジプトのねこ

その夜は、あまりよくねむれなかった。夢《ゆめ》のなかに、メイベルがあらわれては、きえるけれど、でも、目をさましても、ベッドはからっぽでつめたかった。

朝、起《お》きてから、もういちど家じゅうをさがした。

「わたしもよくさがしてみたけれど、やっぱりいないねえ」

おばあちゃんがいった。

「キャットフードのかんをあけて、かんきりでたたいてみようよ。メイベルはいつもきたじゃない」

わたしは必死《ひっし》になっていった。

おばあちゃんが、かんをあけた。かんきりで何度《なんど》もたたいた。わたしもやってみた。ふたりでメイベルをよんだけれど、やっぱりこなかった。

おじいちゃんは、新聞をとりにいくとき、もういちどさがしてくれたけれど、メイベルは見つからなかった。

「ゆうかいされたのかもしれない！」

「いいかい、メイベルのような年よりのねこを、だれがほしがるっていうの」

おばあちゃんがいった。

「わたし、ほしいもの！」なみだがこぼれた。

わたしが、あまり泣《な》きやまないので、おじいちゃんも、おばあちゃんも心配《しんぱい》になった。

「さあ、泣《な》くのはおよしなさい。ヴェリティ。あなたが病気《びょうき》になってしまうよ。さあ、元気をだして、学校にいく時間よ」

「これでは学校は、むりなんじゃないか？」

おじいちゃんがいった。

「うん、学校なんかいけない」わたしはべそをかきながら、家にいればメイベルをさがせると思っていた。

でも、おばあちゃんは、がんこだった。

わたしは、たとえなにがあっても、学校にいかなければならなかった。おばあちゃんは、わたしに、きれいにしたサンダルをはかせて、ハンガーから、きれいな制服《せいふく》をもってこさせた。

「さあ、ヴェリティ、泣《な》くのはおしまいよ」そういって、おばあちゃんはボタンをかけてくれた。

でも、わたしの口には、ボタンをかけられない。

「おばあちゃん、どうして？　メイベルのこと心配《しんぱい》じゃないの？」

おばあちゃんは、ボタンをかける手をとめた。

「とても心配《しんぱい》よ」おばあちゃんの声は、急《きゅう》にチューニングがあっていない、ラジオのようにたよりなくなった。

「だってメイベルとは、ヴェリティ、あなたよりもっと長いつきあいなのよ。家にやってきたときは、まだ子ねこであなたのママは……」おばあちゃんは、だまってしまった。目には、なみだがあふれていた。

胃《い》がきゅっとなって、わたし、なにも話せなかった。おばあちゃんの手をにぎって、ごめんなさいの気持ちをつたえた。

「きょうは学校まで送ってやろう。さあ、ヴェリティ、おいで。おばあちゃんをひとりにしてあげよう」おじいちゃんがいった。

おばあちゃんは声はださなかったけれど、ほほに、なみだがつたっていた。声をたてて泣《な》きじゃくるより、悲《かな》しく思えた。わたしはおじいちゃんといっしょに、学校に急《いそ》いだ。とちゅうの庭《にわ》という庭《にわ》をのぞいてみたし、自動車《じどうしゃ》の下を見て、メイベルがまるまっていないかどうかたしかめた。

校門にくると、おじいちゃんはわたしをだきしめた。

「おじいちゃんに笑顔《えがお》を見せてくれよ」おじいちゃんがいったけれど、わたし、ほんのすこしもわらえなかった。おじいちゃんもわらえなかった。

「学校、いかなくちゃだめ？」もしかしたら、おじいちゃんが、家につれてかえってくれるかと思ってきいた。

でも、おじいちゃんは、ともだちと遊《あそ》べば、メイベルのことをわすれられるかもしれないって。なんで、そんなこというんだろう。わたしの心のなかでは、メイベル、メイベル、メイベルって、非常《ひじょう》ベルのように鳴りひびいて、教室でソフィーや、ローラや、アーロンと話してもいっこうにおさまらなかった。もっとはげしくなったぐらいだ。

「ヴェリティ、どうしたの？」

ソフィーが、わたしの肩《かた》に手をまわした。

「メイベルがいなくなっちゃ

ったの」泣《な》きながら、ソフィーにいままでのことを話した。

ソフィーは、いっしょうけんめい、なぐさめてくれた。ランチボックスからチョコレートバーをとりだして、半分くれると、スポーティ、スケリー、ベイビー、ポッシュのおかあさんもいなくなったことがあると、おしえてくれた。

「ずっといなかったの。庭《にわ》の物置《ものおき》にかくれ場所があって、そこで赤ちゃんをうんだの。メイベルも赤ちゃんがいるんじゃないの？」

「メイベルはおばあちゃんだもの、もう赤ちゃんはうまないわ」

「きっと食べ物をさがしにいったのよ。うちのダストビンはよくやるもの。人の家の庭《にわ》にはいりこんで、悲《かな》しそうにほえるの。まるでおなかがへって死《し》にそうな声でね。だまされて、えさをくれる人がいるんだから」ローラがいった。

「メイベルは、そんなことしないと思う。このごろ、ごはんを食べなくなってたから。ずっとはいてばかりいたの」わたしは机《つくえ》につっぷした。「わたし、メイベルにひどいことしちゃったの。はいたものをふんだからって、メイベルがわるいんじゃないのに。きっと、ほんとうに病気《びょうき》だったのに」

「リッキーだって、よくはくよ。あいつ、草を食べるんだよ。自分のこと、ヒツジだとかんちがいしてるんじゃないかと思うくらい。メイベルも草を食べた？」

「ううん、キャットフードしか食べない」わたしは机《つくえ》に顔をふせたままいった。

「みなさん、おはよう」スミス先生が、教室にはいってきて、元気よくあいさつした。

「ヴェリティ、どうしちゃったの？　ねむたいのかしら」

「ううん」わたし、ぼそりといった。

「おそくまでテレビを見てたの？」

「ううん、よくねむれなかったの」

「いったいどうしたの？」スミス先生が、わたしの机《つくえ》にやってきてしゃがんだ。

「いやな夢《ゆめ》を見たの」

「まあ、おかあさんにいった？」

「ママは死《し》んだもの」わたし、そういって鼻《はな》をすすった。

スミス先生はすごくあわてていった。

「ごめんなさい」まるでママがきのう死《し》んだみたいな感《かん》じでいった。

スミス先生が授業《じゅぎょう》をはじめたけれど、わたしは机《つくえ》に顔をふせたままだった。授業《じゅぎょう》は古代《こだい》エジプト人についてだった。今学期はずっとこれをやっている。

黒いストレートヘア、大きくて、はっきりした目をしているスミス先生も、古代《こだい》エジプト人のようだった。先週は古代《こだい》エジプト人の絵をかいた。みんな、横をむいているように、かかなくちゃいけない。ソフィーとわたしは、ほんとうに古代《こだい》エジプト人がそんなふうに歩いていたらって、わらっちゃった。

いまはわらう気分にはなれない。

モイラが背中《せなか》をつついた。

「うちのヘビちゃんのクラッシャーも行方《ゆくえ》不明《ふめい》なの。いったい、どこいっちやったのかしらね」モイラが小声でいった。

なにをしたいのか、わかっていた。すこしするとモイラのうでが、わたしの肩《かた》をずるずるとすべった。

「クラッシャーよ！」モイラがシューッと音をたてた。

わたし、こんどはさけばなかった。おびえたりもしなかった。

モイラはもういちど、やってきた。

うでをわたしの腰《こし》にまわしたけれど、わたしは動《うご》きもしなかった。

「モイラ！　ヴェリティにちょっかいだすのはやめなさい」スミス先生がいった。

「ふん、おもしろくない子」モイラが小声でいった。

だって、おもしろい気分じゃないもの。わたしはイスにへたりこんで、メイベルのことを思っていた。メイベルがもどしたとき、どなりつけてしまったことや、さびしそうに、こそこそとでていったメイベルのことが頭に浮《う》かんで、たまらなくなった。

あわててハンカチをさがさなくてはならなかった。声をだして、すすり泣《な》いた。みんな、気がつかないふりをしてくれた。モイラがまた背中《せなか》をつつくまでは。またクラッシャーがおそってきたと思ったら、モイラがささやいた。

「ねこちゃんのこと、かわいそうね。でも、きっとかえってくるわ。クラッシャーだって、行方不明《ゆくえふめい》になっても、もどってくるもの」

「モイラ！」スミス先生がいった。

「スミス先生ったら。わたし、ヴェリティのことなぐさめてあげていたのに」

「ほんとうです。スミス先生」わたしは鼻《はな》をかみながらいった。

わたしは、いつもいい子というわけではないけれど、うそつきじゃない。

クラスじゅうがおどろいていた。モイラとわたしは、なかがわるくて、かたきどうしだと評判《ひょうばん》だったのに、おたがいにかばいあっているのだから。スミス先生もおどろいていた。

「そうなの。ふたりがなかよくできてよかったわ。さあ、古代《こだい》エジプト人のことを考えましょうね、ねこじゃなくて。あ、そうそう。古代《こだい》エジプト人も、ねこのことをとてもだいじにしていたの。特別《とくべつ》なペットとして、それはかわいがっていたのよ。敵《てき》の兵隊《へいたい》が、ねこを人質《ひとじち》にしたら、エジプト人の兵隊《へいたい》は、

けっして攻撃《こうげき》しなかったの。ねこを傷《きず》つけるのを心配《しんぱい》したから。バステッドというねこの女神様《めがみさま》だっていたのよ。おおきなお墓《はか》があるわ。ねこが死《し》ぬと、飼《か》い主《ぬし》はまゆげをそるの。それが喪《も》に服《ふく》しているというしるしね。特別《とくべつ》なねこはミイラにしたのよ」

「ミイラ！　すごい。スミス先生、ミイラのこと、もっと教えて」モイラがいった。

先生の話は、耳にはいらなかった。わたしはバステッドにおいのりをしていた。

「どうか、メイベルが見つかりますように。偉大《いだい》なるねこの女神《めがみ》、バステッド様《さま》。どうぞ、どうぞ、どうぞ、メイベルが見つかりますように」わたしはつぶやいた。

目をしっかりとつぶった。目をあけると、スミス先生がねこの絵をかかげて、みんなに見せていた。ねこにしては長細くて、しっぽも足もついていない、おかしなかっこうをしていた。顔だけはきちんとかかれていて、とがったちいさな耳がついていた。毛皮《けがわ》ではなくて、布《ぬの》でできているようなので、おもちゃなのだろうと思った。

「これがねこのミイラです」スミス先生はそういって、古代《こだい》エジプト人が、死《し》んでしまったかわいそうなねこを、どうやってミイラにするのか、きちんと教えてくれた。

こんどは、ちゃんときいた。

第4章

メイベルのミイラ

ねこの女神様《めがみさま》は、わたしのおいのりをきいてくれた。でも、それは最悪《さいあく》のかたちでだった。

学校からかえると、おばあちゃんがまっていた。おけしょうをして、きちんとしていたけれど、まだ悲《かな》しそうだった。

メイベルの行方《ゆくえ》はまだわからなかった。

「だいじょうぶ、メイベルがいなくなってから、まだ二四時間しかたっていないのよ」おばあちゃんがいった。

まるで二四日間もいないような気分だった。ううん、二四週間だ。家のなかにはいるとき、魔法《まほう》かなんかで、二四時間まえにもどっていればいいのに、と思った。そうしたら玄関《げんかん》でメイベルのもどしたものをふんでも、メイベルをだっこしてあげるんだ。病気《びょうき》のメイベルをなぐさめてあげたい。

でも、カーペットはきれいだったし、ぐったりしているメイベルもいなかった。

「おやつを用意するわね」おばあちゃんはいったけれども、ふたりとも、おなかなんかすいていなかった。

わたしは、二階《にかい》のじぶんの部屋《へや》に、足をひきずるように上がっていった。

ベッドの上にねそべっている、ミニーマウスのそばにどしんとすわった。サンダルをけとばして、まるくなってねころんだ。五分ほどすると、おばあちゃんがやってきた。

「ヴェリティ、おひるねするの？　それがいいわ。あとでおやつによんであげるから」

おばあちゃんは、しずかにでていった。目をとじていたけれど、ちっともねむれなかった。暑《あつ》い日だったのに、寒気《さむけ》がしてふるえた。制服《せいふく》のまま、ふとんをかけたくなかった。そこで、あたたかい冬のガウンを着《き》ようと思いついた。青い毛皮《けがわ》のようにふかふかしたガウンで、ふたつのポケットには黒いねこの顔がついていた。

ベッドから起《お》きあがって、洋服《ようふく》ダンスをさがしてみたけれど、なかなか見つからない。ガウンはハンガーからすべりおちて、くつの上にのっかっていた。ひざまずいて手でさぐってみた。毛皮《けがわ》のようなものが手にふれた。毛皮《けがわ》……ほんものの毛皮《けがわ》だった。

わたしは息《いき》をこらして、注意深《ちゅういぶか》く、それをひっぱりだした。メイベルが、わたしのガウンにくるまって横《よこ》たわっていた。でも、なんだかおかしい。目を半分あけたままだし、とてもかたくなっていた。

「メイベル」わたしはささやいた。目をさまさないかとやさしくゆりうごかしてみた。でももう目をさますことはなかった。かわいそうなメイベルは死《し》

んでしまっていた。

「ああ、メイベル」わたしは、うでのなかのメイベルをゆすった。ゆすりながらいったりきたりした。

大声をだして、おばあちゃんをよぼうと思ったけれど、あんまりびっくりして、声をだすこともできなかった。これからどうなるんだろう。きっとメイベルは埋葬《まいそう》される。きたない土のなかで息《いき》ができないなんて、わたしにはたえられなかった。メイベルは庭《にわ》にでるのが、ちっともすきじゃなかった。そんなことしたらメイベルはこわがるし、さびしいにちがいない。それにミミズなんかがメイベルを……。

「いや！　メイベル、あなたを土にうめるなんてことさせないから。だいじょうぶ、わたしがなんとかする。きっと守《まも》ってあげる」わたしはメイベルにささやいた。

このままメイベルを、ガウンにくるんだままにしておくわけにはいかなかった。メイベルのようすは、おかしくなっていたし、へんなにおいもしていた。これからどんなふうになってしまうのかは、よくわからないけど、気持《きも》ちのいいものではない、ということはわかった。メイベルを、このままにとどめておく方法《ほうほう》を見つけなくちゃいけない。

わたしは思いついた。偉大《いだい》なるねこの女神様《めがみさま》バステッドが、神聖《しんせい》な前足でつついて、わたしに教えてくれたみたいだ。メイベルをミイラにすればいいんだ! おばあちゃんにも、おじいちゃんにも、パパにも秘密《ひみつ》。きっと気味《きみ》がわるいっていうに決まってる。おばあちゃんは衛生的《えいせいてき》でないと、おおさわぎするだろう。

わたしがやらないとだめなんだ。メイベルを永遠《えいえん》にそのままにしておく、かんぺきな方法《ほうほう》だもの。そうすれば、ずっとだいてあげて、だいすきだよって、いってあげられるし、ママのお話をきいてもらえる。メイベルはねこのおもちゃのようになって、ずっとずっと、いっしょにいられるようになるんだから。

そうと決まれば、急《いそ》いでとりかからなくちゃ。おばあちゃんが、わたしがおひるねをしていると思っているあいだに、メイベルをミイラにしなくては！　古代《こだい》エジプト人は、七十日かけるというけれど、わたしには七十分もない。

わたしは、用心深《ようじんぶか》くガウンを床《ゆか》の上にひろげた。まんなかには、かたくなったメイベル。そのすがたは、みすぼらしかった。わたしは、毛が、すこしでもなめらかになるようになでて、まるめたティッシュで注意深《ちゅういぶか》くふいた。できるかぎりきれいに、きちんとしてあげてから、わたしは、メイベルのそばにしゃがんで、つぎにすることを考えた。

もちろんわかっていた。針金《はりがね》を頭にさしこんで、脳《のう》をかきだすんだ。

メイベルは、半分あいた目でわたしを見ていた。脳《のう》を取りだすなんてこと、とてもできない。わたしは、メイベルのからだをつつんでしまうことにした。からだのなかが、だめになってしまわないか、心配《しんぱい》だった。ミイラの包帯《ほうたい》でくるんだメイベルのからだが、くさらないようにしなくては。

古代《こだい》エジプト人がつかったのは、ナトロンという特別《とくべつ》な塩《しお》だ。でもそんなもの手にはいらない。おおきなスーパーマーケットのたなにもおいていないもの。ふつうの塩《しお》では、だめなような気がする。そこで、おふろにあるラベンダーの香《かお》りがする、おおきな入れ物にはいった、バスソルトを思いついた。ソルトって塩《しお》のことだから、きっとつかえるにちがいない。そっとふろ場《ば》にいってみた。ラベルを見ると保存料《ほぞんりょう》って書いてある。やったー！　おまけにとても甘《あま》い香《かお》りがするから、メイベルはお花みたいにいいにおいになるわ。

入れ物をもって、こっそり部屋《へや》にかえると、なかみをのこらずメイベルにふりかけた。メイベルはラベンダーの雪にうもれたようだった。

「さあ、いい子ちゃん」わたしは、メイベルの目にはいった、バスソルトをふいてやった。メイベルと見つめあうのも、これが最後《さいご》だから。「さあ、ミイラにしてあげるからね」

おばあちゃんは、乾燥用《かんそうよう》戸だなのいちばん上のたなに古いシーツをしまっている。学芸会《がくげいかい》の衣装《いしょう》をつくってくれるときや、

ソフィーといっしょに、おばけごっこをやるときにしか、つかったことがない。おおきなシーツを取りだして、はさみでさいた。メイベルのことを荷物《にもつ》のようにつつみたくなかった。包帯《ほうたい》のように、なんどもなんども、しっかりと特別《とくべつ》なやりかたでつつむんだ。

わたしは、シーツをちいさく切っていった。よく切れるハサミをもっていなかったので、とてもむずかしかった。キッチンには、おばあちゃんのハサミがあったけれど、見つかるといけないのでいかなかった。わたしはちいさなハサミで、苦労《くろう》しながら切っていった。手がいたくなったので、こんどはシーツをびりびりと切りさいた。

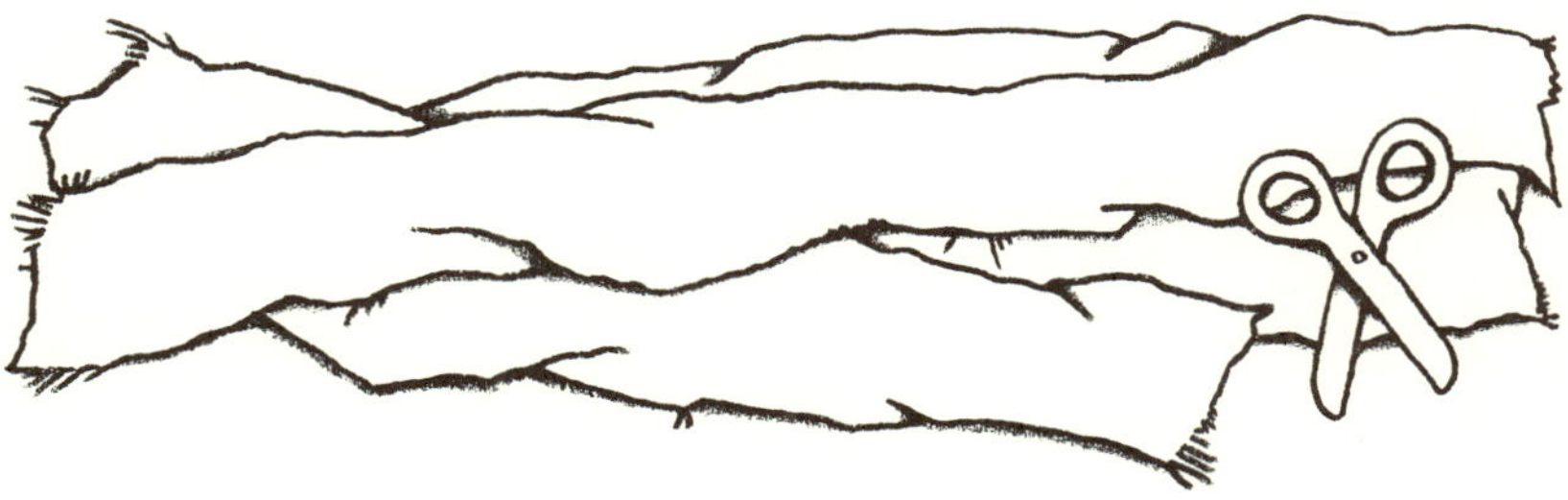

時間はすぎていった。そろそろ、シーツのはぎれでつつみはじめたほうがいいと思った。メイベルをやさしくだきあげて、きちんとしたしせいに直そうとした。足やしっぽをまっすぐにして、首の長いねこの人形《にんぎょう》のようにしたかった。

　メイベルは、まっすぐにならなかった。すぐにまるまって、足は外をむいてしまうし、しっぽは、いつもねているときにするように、まいてしまった。メイベルは、そのまま、かたまってしまっていた。力いっぱいひっぱってみたけれど、足がおれてしまいそうだったし、しっぽはやせてしまっていたから、とてもひっぱることなんかできなかった。

古代《こだい》エジプト人は、こんなときどうしたんだろう。しかたがないから、わたしはメイベルを足がつきだして、背中《せなか》がまるまったままでつつむことにした。これには、けっこう手間《てま》がかかった。わたし、クリスマスのプレゼントをつつむのも苦手《にがて》だったし。紙をセロテープではりつけるのだってうまくいかない。こちらをつつむと、あちらがほどけてしまうという感《かん》じだった。結《むす》び目という結《むす》び目はおおきくなって、メイベルは世界《せかい》でいちばんかっこうがわるい小包《こづつみ》のようになってしまった。

わたしは泣《な》きだしそうな気分だった。メイベルを、もっと気品があって、美《うつく》しくしてあげたかった。でも包《つつ》んでいくうちに、すこしはかっこよくすることができた。どうやら上手《じょうず》にやるこつをつかんだみたい。はじめて髪《かみ》を背《せ》中《なか》で三《み》つ編《あ》みにしたときみたい。あのときは、右と左のバランスがわるくなって、髪《かみ》の毛がとちゅうでたれさがってしまった。でもいまは、何回もやっているから、指があっというまに編《あ》んでいって、一〇〇点満点《まんてん》きれいにできあがるもの。

メイベルのミイラは、それほどはうまくいかなかった。まあ、三〇点ってところかな。でも、ちゃんとミイラにはなった。顔の部分《ぶぶん》に、いちばんお気にいりのフェルトペンで注意深《ちゅういぶか》くグリーンの目、ピンクの鼻《はな》、わらっている口を赤でかいた。それから、からだにはエジプトのシンボルをかいていった。「ホルスの目」はメイベルを守《まも》ってくれるように、「アンクの十字《じゅうじ》」は幸運《こううん》を呼《よ》ぶように。それからメイベルのすきだったものをたくさんかいた。キャットフードのかんづめ、暖炉《だんろ》のまえのマット、わたしのベッド、ふちどりにネズミ、魚、鳥の絵をかいた。

絵をかきおえると、しゃがんでながめてみた。なかなかいいかんじ。こんどは特別《とくべつ》なミイラをおさめる、石棺《せきかん》が必要《ひつよう》だ。なにをつかったらいいのか、

見当《けんとう》がつかない。くつの箱《はこ》ではちいさすぎるし、かたちもちがう。メイベルはとてもかさばるから、もっとおおきくなくちゃだめだ。

そこで、水泳《すいえい》のときにつかった、ダッフルバッグを思いついた。できるだけ注意深《ちゅういぶか》く、そっとメイベルをダッフルバッグにいれた。バッグのなかに頭をつっこむと、きれいに包《つつ》まれたメイベルにキスをして、ずっとずっとずっと、愛《あい》しているっていった。そしてバッグをやさしく、うやうやしく洋服《ようふく》ダンスのおくにしまった。ピラミッドのかたちはしていないけれど、くらくてひっそりとしているから、お墓《はか》にしてもおかしくないだろう。

第5章

悪夢《あくむ》

「おひるねしたら、すっきりしたでしょ、ヴェリティ」

夕食の時間に下におりると、おばあちゃんがいった。

「うーん、とてもいいにおいがするわ」

「顔色もよくなったね」おじいちゃんがいった。

おじいちゃんも、おばあちゃんも顔色が

わるくて、つかれきっていたけれど、笑顔《えがお》をつくって元気よくふるまっていた。おばあちゃんは、ソーセージとマッシュポテトをつくってくれた。でも、おじいちゃんもわたしも、大好物《だいこうぶつ》なのに、残《のこ》してしまった。

わたしは、キッチンのすみにある、メイベルのお皿《さら》を見ていた。わたしたちが食事をしているとき、メイベルもおやつをもらった。ときどき、わたしの残《のこ》したものを食べにきた。メイベルは、とくにマッシュポテトがだいすきだったっけ。でも、うっかり食べさせすぎると、いつもメイベルは、はいてしまった。

わたしは、このまえ、メイベルがはいてしまったときのことを思いだした。かわいそうなメイベル、わたしはなんていじわるだったんだろう。マッシュポテトがのどをとおらなくて、わたしも気持《きも》ちわるくなってしまった。

おじいちゃんの手がのびて、わたしの手にかさなった。おばあちゃんがお皿《さら》をさげて、のみもののおかわりをくれた。

「パパが、できるだけはやく、かえってくれるって」おばあちゃんがいった。

パパは、いつも仕事でとてもおそくなるので、ほんとうかどうかわからなかった。でも、きょうは、おばあちゃんがテーブルをかたづけているときにかえってきた。

「お茶をいれるわね」おばあちゃんがいった。

「あとでいいよ。ヴェリティとでかけるんだ。メイベルのポスターをたくさんつくったからね。近所にはらせてもらおう。メイベルの写真《しゃしん》だってのせたんだぞ。ヴェリティ、見てごらん」

わたしはポスターを見た。パパは、すばらしいポスターをつくってくれた。まるくなってねているメイベルの写真《しゃしん》が、おおきくひきのばされて、「ねこのメイベルを見ませんでしたか？」と書いてあった。

心臓《しんぞう》がばくばくとしてきて、胸《むね》から飛《と》びだしそうだった。パパとわたしは、通りという通りをゆっくり歩いて、メイベルのポスターを木やさくや電柱《でんちゅう》、ありとあらゆるところにはっていった。

「だいじょうぶ、ヴェリティ。きっとメイベルは見つかるよ」パパはわたしの手をにぎっていった。

「きっとこのポスターを見たら、メイベルに気がついて電話をしてくれるさ。メイベルは、蒸発《じょうはつ》した

わけじゃないんだから」

心臓《しんぞう》が、どきんどきんどきんと鳴《な》った。メイベルは、いなくなったのではないことを、パパにいわなきゃいけないとは、わかっていた。パパは百枚《ひゃくまい》もポスターをつくって、メイベルを見かけたかどうかきいているけれど、メイベルがどこにいるのか……、洋服《ようふく》ダンスのなかに葬《ほうむ》られているのをしっているのは、世界《せかい》じゅうでひとりだけ。

パパはわかってくれるかな？　わたしにはパパにうちあける勇気《ゆうき》はなかった。「死《し》ぬこと」についての話はパパにいえない。きっとママのことを思いだしてしまうもの。今朝《けさ》のおばあちゃんだってそうだった。パパが泣《な》くなんて、もっと見たくない。

だから、なにもいわなかった。近所をまわるときも、家にかえってからも、ずっとだまっていた。みんなもなにも話さず、家はしずまりかえっていた。

ありがたいことに、おばあちゃんが、はやくねるようにいってくれた。わたしは、ベッドに横たわったけれど、ねむらずにいた。おじいちゃんとおばあちゃんが寝室《しんしつ》にいくまでまった。それからもずっと起《お》きていて、パパが二階《にかい》にあがる物音がするまでまった。

じっとまっていたのは正解《せいかい》だった。パパは、わたしの部屋《へや》にそっとはいってきたからだ。わたしは、横《よこ》になったまま目をきつく閉《と》じていた。パパはしばらくベッドのそばに立っていた。それからため息《いき》をつくと、やさしくふとんをかけて部屋《へや》をでていった。

わたしはねんのため、それからもじっとしていた。家のなかにまったく物音がしなくなってから、ベッドからそっとぬけだして、ゆっくりと用心深《ようじんぶか》く洋服《ようふく》ダンスのとびらを開《あ》けた。ちょっと甘《あま》いような、すっぱいようなおかしなにおいがした。バスソルトと、メイベルからでるにおいがまざっているようだった。このにおいをいやがってはいけないと、自分にいいきかせた。メイベルだってどうしようもないのだから。

洋服《ようふく》ダンスの奥《おく》に手をのばして、ダッフルバッグをていねいにひっぱりだした。なんどか、メイベルのミイラをだそうとしたけれど、できなかった。まっくらで、自分がなにをやっているのか、まったく見えない。かたいっぽうの手をいれて、メイベルにまいた布《ぬの》をなでるだけで満足《まんぞく》するしかなかった。なでていると、とてもおだやかな気持《きも》ちになった。とても、とてもやすらかな気持《きも》ちになった……。

夜中に目がさめた。わたしは、洋服《ようふく》ダンスにもたれてうずくまっていた。胸《むね》にはダッフルバッグをだきしめて。ベッドにもっていきたかったけれど、見つかったらたいへんだから、できなかった。洋服《ようふく》ダンスにメイベルをもどすと、とびらをしめて、しずかにベッドにもどった。こごえるように寒《さむ》かったので、羽ぶとんにくるまった。

わるい夢《ゆめ》を見たのは、きっと羽ぶとんのせいだと思う。夢《ゆめ》のなかでわたしは死《し》んでいた。だれかがわたしの脳《のう》みそを針金《はりがね》でかきだそうとしていた。悲鳴《ひめい》をあげたけれど、わたしは布《ぬの》をまきつけられていった。きつく、きつくまきつけられていった。また悲鳴《ひめい》をあげた。

だれか助けて、ミイラにされちゃう……。

「ヴェリティ、ヴェリティ、どうしたんだい。パパだよ、ここにいるよ。目をさまして。こわい夢《ゆめ》を見たんだね」

目がさめてからも、わたしはまきついたミイラの布《ぬの》をふりはらおうと、手足をばたばたさせながら、泣《な》きべそをかいた。羽ぶとんはゆかに落ちていて、わたしをしっかりとだいていたのはパパだった。

「ああ、パパ」

泣《な》きながらいうと、パパはだきしめてくれた。
「どうしたの？　ヴェリティが泣《な》いているの？」
ねむたそうな声で踊《おど》り場《ば》から、おばあちゃんがきいた。
「ヴェリティがこわい夢《ゆめ》を見て、さけんだんです」パパがいった。
「わたし、なんてさけんだの？　メイベルのこと？」わたしはふいにこわくなった。
パパは、おばあちゃんがベッドにも

どるまでまった。

「なんてさけんだのか、はっきりとわからなかったけれど……、ミイラってっていったような」

わたし、ことばにつまってしまった。心臓《しんぞう》がどきどきと鳴《な》っていた。パパはせきばらいをして、なにかいおうとしたけれど、やめてしまった。

くらい部屋《へや》は、しーんとしずかになった。

第6章 メイベル、死者《ししゃ》の魂《たましい》

つぎの日は、みんな、ねぼうをしてしまった。こまったことは、それだけじゃなくて、おばあちゃんが、バスソルトがなくなっていることに気がついたの。

「ぜんぶなくなっちゃうなんてへんね」

おばあちゃんは不思議《ふしぎ》がって、おじいちゃんにきいた。おじいちゃんは、

ラベンダーくさくなるのはごめんだから、ほんのちょっとだって、つかったことがないといった。

「ヴェリティ、あなたじゃないでしょうね？　パパはいつもシャワーだけだから、つかってないのはわかってるんだけど」おばあちゃんがいった。

「う、うん、わたし、すこしつかったかも……」ぶつぶついいながら、おばあちゃんから逃《に》げるように部屋《へや》にかけこんだ。

「わたし、学校にいく用意《ようい》しなくちゃ」

でも、おばあちゃんは部屋《へや》までついてきて、うたがいぶかく鼻《はな》をくんくんさせた。

「まあ！　バスソルトのにおいがするわ。いったいどうしたの？　ぜんぶ、おふろにいれちゃったの？」

「おこらないでよ、おばあちゃん」わたしは、おおあわてで、教科書や体育の道具《どうぐ》をかばんにつめこんだ。

あわてて乱暴《らんぼう》にしたものだから、ジッパーがひっかかってしまった。

「もー、いや」

「ヴェリティ、ばかね。ジッパーはゆっくりしめなくちゃだめよ。ほら、ごらんなさい。ダッフルバッグはどこ？　あれにつめかえたほうがいいわ」

「ううん、だめ。だめなの。ダッフルバッグはきらいなの。いまどき、だれもダッフルバッグなんか

で学校にいかないもの。このかばんでだいじょうぶ。ピンでとめるから。ねえ、もういかなくちゃ、ちこくしちゃう」

わたしは、かばんをぐいとつかむと、おばあちゃんの横《よこ》をすりぬけた。学校からかえるころには、おばあちゃんがバスソルトのことなんか、わすれていればいいのだけれど。

かわいそうなメイベルのことは、だれもわすれなかった。近所の木という木、へいというへいにはってあるポスターのメイベルは、悲《かな》しそうにこちらを見つめている。

「メイベルがぶじに元気でいてくれるなら、なんでもするわ。だれかが連絡《れんらく》してくれるかもしれないから、電話のそばにずっといることにする」おばあちゃんがつぶやいた。

「おばあちゃん……」

わたしは重い足をひきずって学校にいった。最悪《さいあく》の気分だった。ベルは鳴《な》りやんでいて、わたしがこそこそと教室にはいっても、スミス先生はしからなかった。

「気分はどう？　ヴェリティ。またわるい夢《ゆめ》を見たのかしら？」

「ぞっとするほどひどい夢《ゆめ》だったの」わたしはうなずいた。

「かわいそうに」スミス先生は、わたしの肩《かた》をかるく手でたたいた。

ソフィーとローラ、それにアーロンは、とてもやさしくしてくれた。モイラでさえやさしくて、休み時間におかしをすすめてくれた。モイラはプルプルする、ゼリーでできたヘビをもっていた。

「よかったら、一ぴきあげるわよ、ヴェリティ」

わたしは、あまりおなかがすいていないからと、ていねいにことわった。そうしたらモイラは、わたしの顔のまえでヘビをふってからかった。おかしなんかをこわがってるって。

でもアーロンがその手をおしのけて、放課後《ほうかご》、ブランコにのらないかとさそってくれた。ローラが、となりの人が夜中にねこの鳴《な》き声《ごえ》をきいたから、メイベルかもしれないと教えてくれた。ソフィーは、もしメイベルがかえってこなかったら、スポーティ、スケリー、ベイビー、ポッシュのうち一ぴきをくれるといった。子ねこぜんぶはかえないと、おかあさんがいっているからって。

アーロンの気持《きも》ちは、うれしかったけれど、ブランコにのる気分にはなれなかった。ローラにも感謝《かんしゃ》するけれど、鳴《な》き声《ごえ》は、メイベルでないことはわかっている。ソフィーの申《もう》し出《で》もうれしかった。スポーティ、スケリー、ベイビー、ポッシュ……みんな、すきだけれど、メイベルのかわりにはなりっこない。

午前中は、ずっとメイベルのことばかりを考えていた。算数で、計算ちがいばかりしてしまった。でもお昼ごはんのあと、スミス先生の、古代《こだい》エジプト人についての授業《じゅぎょう》はきちんときくことができた。スミス先生は、ちょっと不気味《ぶきみ》なジャッカルの仮面《かめん》をさしあげて、だれかこの仮面《かめん》をつけて、アヌビスというミイラづくりの神様《かみさま》になってみないかときいた。モイラはどうしても選《えら》ばれたくて、泣《な》きべそをかきそうだった。

スミス先生は、クラス全員《ぜんいん》がかわりばんこに仮面《かめん》をつけるあいだに、古代《こだい》

エジプト人が死《し》について、どのように信《しん》じていたかを話した。

古代《こだい》エジプト人は、魂《たましい》はからだを離《はな》れてしまうが、あとになって、かえってくるかもしれないと考えていた。だから古代《こだい》エジプト人にとって、死体《したい》を保存《ほぞん》することは重要《じゅうよう》だった。魂《たましい》がかえってきたときにそなえて、きちんときれいにしておかなくてはならなかった。

メイベルのために、できるだけのことはしたように思えて、すこし気持《きも》ちが楽になった。洋服《ようふく》ダンスのとびらは、すこし開《あ》けておくことにしよう。メイベルの魂《たましい》がふわふわとでていって、いきたいところに散歩できるようにしておこう。

「魂《たましい》って見えるんですか、スミス先生？」わたしはきいた。

「そうね、古代《こだい》エジプト人は、死《し》んだ人の魂《たましい》を絵にかいているわ。大きな鳥のような絵なの」

メイベルに、羽がはえているすがたを思いうかべてみた。なんだかおかしなかっこうだったけれど、メイベルは、きっと空を飛《と》ぶのがすきだろうな。二《に》階《かい》の窓《まど》からまいおりたり、屋根《やね》に上がることだってできる。年をとって、弱くなった足をつかわなくてもいいのだ

もの。すずめをおいかけたり、いちばん高い木の上にいっても、おりられなくなることもなくなるし。

スミス先生は、アヌビスの絵を見せてくれた。心臓《しんぞう》をはかりにかけて、真《しん》実《じつ》の羽根と重さがつりあうかどうか見ている絵だった。つりあえば、ミイラは永遠《えいえん》の命《いのち》をもつという。

「それじゃ、ミイラはずっとずっと生きて、死後《しご》の世界《せかい》でまたいっしょになれるの？」メイベルとわたしが、飛《と》びながら手をつないでいるすがたを想像《そうぞう》した。

スミス先生は、心配《しんぱい》そうにわたしのことを見た。

「古代《こだい》エジプト人は、そんなふうに考えたというだけよ、ヴェリティ」スミス先生がやさしくいった。

「でも、わたしたちだって、信《しん》じてもいいでしょ」

「そうね……」スミス先生は、どうこたえたらいいのか、わからないようだった。

「わたしは信《しん》じる。古代《こだい》エジプト人ってだいすき。『死《し》の書《しょ》』にのっている、ヘビの悪魔《あくま》を見せてよ、スミス先生。すごいんだから！」モイラがいった。

スミス先生は、毒《どく》ヘビのすがたをした悪魔《あくま》や、ワニのかいぶつのことを話した。クラスじゅうがおおさわぎしたけれど、わたしは興味《きょうみ》がなかった。そのかわりメイベルのことを考えていた。

洋服《ようふく》ダンスのお墓《はか》に、お気にいりのおもちゃをいくつかと、キャットフードのかんづめをいれておこう。メイベルは、ミント味のついた、ネズミのおもちゃをもっていたけれど、どこかになくしてしまった。ネズミのおもちゃは、ミニーマウス以外《いがい》はもっていなかったし、ミニーマウスはおおきすぎた。

授業《じゅぎょう》の終《お》わりに、スミス先生が声をかけた。

「ヴェリティ、ちょっと話してもいい？」

授業《じゅぎょう》をきちんときかなかったから、注意《ちゅうい》されるのかな。あわてたものだから、かばんのジッパーがこわれているのを、すっかりわすれてしまっていた。スミス先生のデスクにいこうとすると、ドサリ、ガチャガチャと、かばんのなかのものが、ぜんぶ落ちてしまった。

「あら、たいへん」スミス先生は、ひろうのを手伝《てつだ》ってくれた。「きょう

はついていないわね、ヴェリティ」

「はい、スミス先生」

「ヴェリティ、なんだか元気ないわね」スミス先生がやさしくいった。

わたしは、うなだれた。

「それに、よく、ねられないみたいね」

「ごめんなさい、スミス先生」

「あなたがわるいんじゃないわ。しかっているわけじゃないの。助けてあげたいだけ」スミス先生は、ここまでいうとちょっとだまった。

「きっとおうちでは、つらいことばかりでしょうね」

わたしは顔を上げた。だれかがメイベルのことを教えたんだ。

「きっと……きっとおとうさんに、おかあさんのことを話してみればいいんじゃないかしら。それともおばあさまがいいかしら？」

わたしは、スミス先生を見て、目をぱちくりした。どうして急《きゅう》にママの話になっちゃうんだろう？

「ママのことなんか話せません」のどがつかえるような気がする。ママのことを話すことができるのは、メイベルだけだった。

「もういってもいいですか、スミス先生？」わたしは小声でいった。先生のまえで泣《な》きだしたくなかった。

スミス先生が「いってもいい」というまえに、わたしは、走りだしていた。スミス先生のよぶ声が、きこえたような気がしたけれど、わたしは止まらなかった。

おばあちゃんが、校門のところで心配《しんぱい》そうにまっていた。

「どこいってたんだい、ヴェリティ？　アーロンやほかの子は十分まえにでてきたよ。スミス先生によびだされたの？」

「ううん、スミス先生が、ただ、わたしと話したいって」わたしは、急《いそ》いでおばあちゃんのところにいった。「アイスクリーム、買《か》って？」

「だめよ。話題《わだい》を変《か》えるんじゃありません！　スミス先生は、なんの話をしたの？」

「えーっと……なんでもない」

おばあちゃんは、ため息《いき》をついた。

「なにか、こまったことでもあるの？」

「ううん、おばあちゃん」

「ヴェリティ、ほんとうのことをいってるの？」

わたしは、なんとかおばあちゃんの目を、まっすぐに見ることができた。

「うん、おばあちゃん」

◆第7章◆ ミイラになったメイベル

わたしは、いっしょうけんめい、ほんとうのことを話そうとした。ヴェリティという名前は、そういう意《い》味《み》をもっているの。ちょっと調《しら》べてみて。ほら、ラテン語で「真実《しんじつ》」という意《い》味《み》でしょう?

わたしは、あまりいい子ではないけれど、うそだけはつかないように

していた。それなのに……メイベルのミイラのことは、ますます、ほんとうのことをいえなくなってきた。バスソルトのこと、ダッフルバッグのこと、スミス先生に話したことは、ほんとうのことではなかったけれど、まったくのうそをついたわけではなかった。いまのところは……だけど。

家にかえると、いちもくさんに部屋《へや》にいって、こっそりメイベルと話そうと思った。ドアをしめると、もしもにそなえて、イスをドアのまえに置《お》いた。それから洋服《ようふく》ダンスのとびらをあけた。

開《あ》けなければよかった。

においは、いっそうひどくなっていた。バスソルトなんて、なんのききめもなかった。メイベルは、ひどい状態《じょうたい》になっていて、あらわないと、どうしようもないほどにおった。ダッフルバッグから、だそうとしたけれど、ひもをほどいたとき、においが部屋《へや》じゅうにたちこめて、うしろによろめいてしまった。メイベルのはいったバッグを、洋服《ようふく》ダンスの奥《おく》におしこむと、急《いそ》いでとびらをしめた。

わたしは、しゃがみこんでどうしたらいいか考えた。考えに考えた。

「どうしたの、ヴェリティ？　またおひるねするの」おばあちゃんがよんだ。

「ううん、おばあちゃん、いまおりてく！」わたしはあわててさけんだ。

洋服《ようふく》ダンスから、においがもれているのに、おばあちゃんが部屋《へや》にきたらたいへんだ。わたしにも、においがついたらしい。キッチンにいくと、おばあちゃんは鼻《はな》をひくひくさせた。

「このひどいにおいはなに？」

「においってなーに、おばあちゃん？」できるだけ目をおおきく見開《みひら》いて、なにもしらないふりをした。

「ヴェリティ……」おばあちゃんは、こまった顔をしていった。「おもらししたんじゃないの？」

「そんなことないよ、おばあちゃん！」わたしは、おこって、いいかえした。

おばあちゃんは、まだうたがわしそうに、わたしを見ていた。

「すぐに服《ふく》をぬいで、おふろにはいったほうがいいわね。それから着《き》がえなさい」おばあちゃんは、しばらく考えてから、つけくわえた。「新しいバスソルトを買《か》ってあるけど、こんどは気をつけてちょうだい。ちょっとだけにしなさい」

おふろにはいると、だいぶさっぱりした。でも、きがえの服《ふく》が大問題《だいもんだい》だった。洋服《ようふく》は、洋服《ようふく》ダンスのなかにつるしてある。とびらをほんのすこし開《あ》けて、においをかいだだけで、着《き》られる服《ふく》なんかないことがわかった。

どうしたらいいのか、ぜんぜんわからない。真夜中《まよなか》に、こっそり洋服《ようふく》をぜんぶ下にもっていって、洗濯機《せんたくき》にいれなくちゃならない。でも、いまはどうしよう？

結局《けっきょく》、おもちゃ箱《ばこ》の底《そこ》にまるめてあった、妖精《ようせい》の衣装《いしょう》を着《き》ることにした。二年まえに着《き》たけれど、それからは、いちどもそでをとおしていない服《ふく》だった。たけが短かすぎたし、きつかった。ばかみたいなかっこうだけれど、この服《ふく》ならば、古いテディベアのにおいしかしなかった。

羽根をパタパタさせて、レースのスカートからパンツが見えそうなかっこうで、階段《かいだん》をどしんどしん

とおりていくと、おばあちゃんは目をまるくしておどろいた。

「妖精《ようせい》のドレスなんか着《き》て、いったいなんのまね？」

「妖精《ようせい》ごっこがしたいの。いいでしょ、おばあちゃん」そういいながら、わたしは、よっぱらった妖精《ようせい》みたいにとびはねた。

「いや、かわいい妖精《ようせい》だねえ、おいのりをしようかな」庭《にわ》からおじいちゃんがやってきた。

しばらくわたしは、妖精《ようせい》ごっこをつづけなくてはならなかった。パパがきのうにつづいて、夕食の時間にまにあうように、はやくかえってきたときも、わたしはおいのりのおどりをおどっていた。

「そのかっこう、いま、はやってるのかい？」パパは、わたしのことをじっと見ながらいった。

「ちがうってば、パパ。わたし、妖精《ようせい》なの。わかるでしょ」

わたしは、つまさきをたてて、おかしなおどりをひろうした。

パパと、おばあちゃんとおじいちゃんは、わたしがくるくるまわっているあいだ、ぶつぶつと相談《そうだん》していた。

「おどろくほど、元気になったね」

「メイベルのことで、電話があったかどうかもきかないのよ」

「もういちど近所をさがしたいと思って、はやくかえってきたけれど、そんな必要《ひつよう》はまったくないみたいだな」

メイベルのことをすっかりわすれてしまう、つめたい女の子だと思われるのは都合《つごう》がいいけれど、でも、そんな演技《えんぎ》をするのはつらかった。とくにおばあちゃんが、わたしが元気になったと思いこんで、スポンジケーキのおかわりをくれたときには、じぶんがいやになった。

わたしたちが、お茶をのんでいると、玄関《げんかん》のベルがなった。おばあちゃんが玄関にいった。やってきたのは、スミス先生だった！

「ごめんなさい、お食事中だったのね」

「とんでもありません。いま、すませたところですから。お茶かコーヒーをいれましょう」パパが、イスからあわてて立ちあがった。

「わたしがやりますよ」おばあちゃんは、ほかの人が台所にはいるのがきらいだった。

おじいちゃんがわたしのことをじっと見た。まゆがあがっていた。

「うちのヴェリティがなにかこまらせてますか？　スミス先生」

おばあちゃんがまゆをひそめた。

「ヴェリティ？　なにやってるの？　はやくきれいな制服《せいふく》に着《き》がえなさい。そんなかっこうしてちゃ、スミス先生にへんに思われますよ」

「いいえ、だいじょうぶですとも。とてもかわいいわよ、ヴェリティ。ご心《しん》配《ぱい》なく、ヴェリティは、なにも問題《もんだい》なんか起《お》こしていませんから。ただ、ちょっとお寄《よ》りしただけなんです。ヴェリティのさいふをひろったので。かばんからおちて、机《つくえ》の下にころがっていたんです。きっと心配《しんぱい》しているんじゃないかと思って」

スミス先生がいった。

「それはご親切《しんせつ》に。ヴェリティ、先生におれいをいいなさい」パパがいった。

「こわれたかばんで、学校にいくからよ。明日からダッフルバッグをつかい

なさい」おばあちゃんがいった。

「だめ！」

みんなが、わたしを見た。

「そ、その……ダッフルバッグはなくしちゃったの」

「ばかをいうんじゃないの、ヴェリティ。なくすはずないじゃないの。さあ、ちゃんとした服《ふく》に着《き》がえていらっしゃい」おばあちゃんがいった。

「きれいな服《ふく》なんてないの、おばあちゃん」

おばあちゃんがこわい顔をした。

「ヴェリティ！　いったいどうしたの？　少なくとも、十着《じっちゃく》は洋服《ようふく》ダンスにかかってるはずでしょ。さあ、すぐに着《き》がえてらっしゃい」

おばあちゃんはめったにおこらないけれど、この声の調子《ちょうし》になったときは、だれもさからえない。

わたしはおじいちゃんに助けをもとめた。
「妖精《ようせい》のかっこうでいちゃだめ、おじいちゃん」わたしはお願《ねが》いした。
おじいちゃんは、わたしにむかってチッチッと舌《した》をならした。
「おばあちゃんのいうとおりにしなさい」
わたしはパパを見た。
「二《に》階《かい》にいきなさい。ヴェリ

ティ、さっさとしなさい」パパがいった。

しかたなしにゆっくり、ゆっくり階段《かいだん》を上がった。とちゅうまで上がったところで、下のようすをうかがった。

「いつものヴェリティじゃないんですよ。ふだんはとてもいい子なんですから。いわれたことはきちんとやって、けっして口答えなんかしません」

「もちろんわかっています。ヴェリティは、ここのところたいへんでしたからね」

「学校でもようすがおかしかったですか、スミス先生？」

「ええ、そうですね。ふだんのヴェリティではありませんでした。いつものヴェリティは、元気でかわいい、とてもよい生徒《せいと》ですけれど。でも、ご家族《かぞく》と死別《しべつ》するという悲《かな》しいできごとがあったのですから」

「死別《しべつ》って？　まだメイベルが死《し》んだとはかぎらないですよ」

パパがいった。

「ちらしをはったりして、できるだけのことはしていますから」

「かえってくるかもしれないわ。まだあきらめるには、はやすぎますよ。いままでメイベルは逃《に》げだすなんてことはなかったんですけれども」

「でも……ヴェリティは……そうするとヴェリティのおかあさんは家出したんですか？」スミス先生がいった。

「ヴェリティのおかあさん？　いいえ、とんでもない。わたしのむすめは、だいぶまえになくなりました」おばあちゃんがいった。

「ヴェリティが生まれたときにな」おじいちゃんがいった。

「ヴェリティが、母親のことを話しているんですか？　きっとヴェリティは、ずっと母親のことを空想《くうそう》していたんでしょう。ずっと心配《しんぱい》してたんです。スミス先生なら、相談《そうだん》にのっていただけるかもしれません。わたしたちは、ヴエリティと母親の話をするのをさけてきたんです」パパがいった。

「あまりにつらすぎることなんで」おばあちゃんがいった。

「もちろん、ヴェリティは、母親のことをなにもしらないんです」おじいちゃんがいった。

「そうですか」スミス先生はいったものの、まだなっとくがいかないみたいだった。「それで……メイベルというのはだれなんですか?」

「ああ、それはうちでかっているねこですよ」パパがいった。

わたしは、思わずうめき声をだしてしまった。おばあちゃんが階段《かいだん》の下にやってきた。

「ヴェリティ! まだ階段《かいだん》でうろうろして、きき耳をたてているの? 部屋《へや》にいってきれいな洋服《ようふく》に着《き》がえなさいっていったでしょ!」

「だめなの、おばあちゃん!」

「いったいどうしちゃったの？」おばあちゃんがおこった。「どうしてスミス先生がいらっしゃるのに、みっともないまねをするの？　先生になにを話したの？」

わたしは頭をうなだれて、なにも説明《せつめい》できなかった。

おばあちゃんは、ため息《いき》をついた。そして、わたしのうでをとると、二階《にかい》にひっぱっていこうとした。

「だめ、おばあちゃん！　やめて！」どこにむかっているのかわかって、わたしはべそをかいた。

おばあちゃんは、わたしを部屋《へや》にひっぱりこんだ。部屋《へや》にはいると、おばあちゃんは息《いき》をとめた。それからクンクンとにおいをかいだ。

「なんのにおい？」

「わ、わかんない」わたしがついたうそのなかで、いちばんのうそだ。なんのにおいか、わかりすぎるくらい、わかっていたから。

わたしの目は、洋服《ようふく》ダンスのほうを見た。おばあちゃんもだった。そして、おばあちゃんは、洋服《ようふく》ダンスのほうへむかった。

「やめて！」

でもおばあちゃんは、タンスのとびらをいきおいよく開《あ》けた。そしてむせびながら、うしろへよろめいた。

「なんてこと！　どうしちゃったの……？」おばあちゃんは、かがんで、おくにあったダッフルバッグを見た。

「ダッフルバッグはあるじゃない！　このひどいにおいは、バッグからじゃないの？　ぬれたままの水着《みずぎ》をいれっぱなしにしているんじゃないでしょうね？」

おばあちゃんは、ダッフルバッグをつかんで、外にひっぱりだした。ひもをほどいて……なかみをカーペットの上にだした。

おばあちゃんは、悲鳴《ひめい》をあげた。なんども、なんども。

パパがとんできた。スミス先生も走ってきた。おじいちゃんは、よろよろとやってきた。

おばあちゃんは、ずっとずっと悲鳴《ひめい》をあげっぱなしだった。一階《いっかい》におりて、ロッキングチェアにすわって、スミス先生に、濃《こ》いお茶をいれてもらってか

らも、ふるえながらゼイゼイとあえいでいた。

パパとおじいちゃんは、かわいそうなメイベルと、ダッフルバッグをおおきな黒いビニールぶくろにいれて、庭にはこんだ。そのあいだ、ずっとゲエゲエという声をあげていた。

作業《さぎょう》が終《お》わると、ふたりは手をいっしょうけんめい、あらいにあらった。

わたしは、妖精《ようせい》のドレスのむねがびしょぬれになるまで泣《な》いた。

パパとおじいちゃんがもどってくると、スミス先生がお茶をいれてくれた。

「すみませんね。わたしが、お茶をいれなくちゃいけないのに。ほんとうにおはずかしいことで」おばあちゃんがあえぎながらいった。

「ヴェリティのさいふをもってきてくれただけなのに、とんでもないことになってしまいましたな」おじいちゃんがいった。

「ヴェリティ？」パパがいった。

みんなの目が、わたしに集まった。わたしは、もっとはげしく泣《な》いた。

「そんなに泣《な》かないで。おこってなんかいないよ。ただ、わからないんだよ。どうしてメイベルをダッフルバッグにかくしたんだい？　それになんであんなふうに包《つつ》んだのかな？」

「包帯《ほうたい》のつもりだね。メイベルが元気になると思ったんだろう？」おじいちゃんがいった。

「包帯《ほうたい》！」スミス先生がいった。

スミス先生が、わたしを見た。わたしもスミス先生を見た。

「なんてこと、なんてことなの！　メイベルをミイラにしようと思ったのね！」

スミス先生がいった。

第8章

メイベル、やすらかにねむれ

すべて、みんなにわかってしまった。おばあちゃんは、どうして、わたしがこんなばかげたことをしたのか、はずかしいとうろたえていた。おじいちゃんはわらって、せきこみながら話しだした。パパは、わたしがメイベルを見つけたとき、なにもいわなかったことにおかんむりだった。

「いえなかったの」わたしは大声でいった。

「メイベルは、死んでいたんだもの。うちでは死んだ人のことを話したがらないし、死《し》んだら、うめられるでしょ。わたしには、メイベルをうめることなんかできないよ。だって、メイベルは、外をこわがっていたし、ミミズなんかがいる、きたない土のなかにうめられるなんて、いやにきまってるもの」

こんなふうにさけんだりしたら、おこられるにちがいないと思った。でも、ちっともおこられなかった。

みんな、あぜんとしていた。それから、とてもやさしくしてくれた。おばあちゃんは、ひざの上にすわらせてくれたし、おじいちゃんは、だいじな道具箱《どうぐばこ》をひつぎにつかってもいいと、いってくれた。それなら、メイベルは安心《あんしん》してねむりにつけるだろうって。

スミス先生は、道具箱《どうぐばこ》にエジプトの記号を書いてみたらって、いってくれた。そうすれば、特別《とくべつ》なミイラのひつぎのようになる。古代《こだい》エジプト人も、はじめのころは、おなじようなひつぎをつかっていたんだって。道具箱《どうぐばこ》の横《よこ》におおきなエジプトの目をかけば、メイベルは外を見ることができるはずだ。それからドアの絵もかいておこう。メイベルの魂《たましい》がひつぎから自由にでいりできるように。

「ねこ用のドアみたいにするの」わたしは、鼻《はな》をすすりながらいった。

「そうしましょう、ヴェリティ」そういって、スミス先生は、わたしをだきしめてくれた。いまのスミス先生は、もう先生ではなくて、家族《かぞく》のひとりになったみたいだった。

パパは、スミス先生と小声でなにか話していたみたいだったけれど、最後《さいご》のほうしかきこえなかった。スミス先生は、わたしのことをクラスで、とくにすきな生徒《せいと》だといってくれた。うれしい！　ソフィーやローラ、アーロンにしらせたい。とくにモイラにいってやりたかった。でも、このことは秘密《ひみつ》。わたしだって、スミス先生にわたしの秘密《ひみつ》をクラスにいってほしくないもの。

スミス先生が、おばあちゃんといっしょに洋服《ようふく》ダンスの消毒《しょうどく》をしたり、ブラシでこすっているあいだ、わたしの洋服《ようふく》は洗濯機《せんたくき》のなかをぐるぐるまわっていた。おじいちゃんは、道具箱《どうぐばこ》から道具《どうぐ》を全部《ぜんぶ》だして、そうじをした。それから道具箱《どうぐばこ》の表面《ひょうめん》にやすりをかけて、わたしが絵をかきやすいようにしてくれた。

パパは、絵をかくのをてつだってくれた。だいぶおそい時間になっていたけれど、メイベルをはやく埋葬《まいそう》しなくてはならなかった。わたしは、妖精《ようせい》のドレスから、もっと地味《じみ》な洋服《ようふく》に着《き》がえたかったけれど、洋服《ようふく》は洗濯機《せんたくき》のなかだった。そこでおばあちゃんの古いシーツをからだにまいて、むらさきのリボンでむすんでみた。まるで古代《こだい》エジプト人のようになった。

パパとおじいちゃんが、

箱《はこ》をもって庭《にわ》にいった。メイベルを新しいひつぎにいれるまでは、わたしをよばなかった。さよならのキスもさせてくれなかった。だから居間《いま》にある暖《だん》炉《ろ》のマットのところにいった。マットにはメイベルの毛がのこっていた。わたしはまるくなってねて、メイベルの頭があったところにキスをした。

パパとおじいちゃんが、わたしをよんだので外にでた。メイベルは、箱《はこ》のなかにやすらかに葬《ほうむ》られていた。庭《にわ》には、まだわずかににおいがただよっていたけれど、しかたがなかった。パパは庭《にわ》のおくにある、リンゴの木の下におおきなあなをほりはじめていた。おじいちゃんもほっていた。わたしもシーツがどろでよごれるのも気にせず、ちいさなシャベルでほった。だいぶ暗《くら》くなっていたので、ミミズがいるかどうかはわからなかった。暗《くら》くてよかったのかもしれない。

おおきなあなをほるのはすごく時間がかかった。おばあちゃんがやってきて、もうねる時間だといった。おばあちゃんは、メイベルを葬《ほうむ》るのは朝にしましょうといったけれど、パパは、お葬式《そうしき》はすぐにやるほうがいいといった。やっとのことでおおきなあながほられ、パパとおじいちゃんがメイベルがはいった箱《はこ》を底《そこ》においた。

おじいちゃんが、バラの花をつませてくれた。おじいちゃんが育《そだ》てた、だいじなバラだった。わたしはメイベルの上に花びらをまいた。

「なにかことばをかけてあげなさい、ヴェリティ」パパがいった。

「だいすきなメイベル、愛《あい》しているわ。どなったりしてごめんなさい。天国でもしあわせになってね。それからときどき、わたしのところに飛《と》んできて。あなたは世界《せかい》でいちばんのねこよ、本物のミイラにしてあげたかったんだけど……」なみだがあふれて、もうこれ以上《いじょう》はつづけられなかった。

「でも、メイベルは、永遠《えいえん》にわたしたちの思い出のなかにいるんだよ」パパがいった。

それからパパは、ひとつかみの土を、花びらがまきちらされた箱《はこ》の上にぱらぱらとまいた。おじいちゃんも同じようにした。ふたりはわたしを見た。

「メイベルをうめたくない」わたしはいった。

「球根《きゅうこん》をうえるようなものだよ」おじいちゃんがいった。

「春にメイベルは、きっときれいな花をたくさんさかせるよ」

わたしは、なっとくがいかなかった。メイベルが球根《きゅうこん》と同じとは思えないし、花になってほしいとは思わなかった。メイベルはもとのメイベルにもどって、だきしめたり、かわいがりたかった。

「箱《はこ》のなかにいれて、おいておけないの？」

「そりゃ、だめだ」おじいちゃんがいった。

「メイベルを、やすらかに眠《ねむ》らせてあげなくちゃいけないいんだ。もちろん、おまえの気持《きも》ちはわかるよ、ヴェリティ。ママが、ママが死《し》んだとき……埋《まい》葬《そう》するのは、ほんとうにつらかったから」パパはわたしの手をとって、強くにぎってくれた。「でも、こうするしかないんだよ。ほかにいい方法《ほうほう》はないんだ。メイベルに会《あ》えないのは、とてもさびしいだろう。パパたちも

さびしいんだ。でもすこしずつ、悲《かな》しみはやわらいでいくものなんだよ」

「ママのこと、思いだすと、まだ悲《かな》しくなるの？」わたしはつぶやいた。

「ああ、いつもだよ。おばあちゃんだって、おじいちゃんだってそうさ。でも、思いだすのは、悲《かな》しいのと同時に、しあわせなときでもあるんだ。きっとヴェリティだって、そうなるよ。だいじょうぶさ。さあ、メイベルにさよならをいおう」

「さよなら、メイベル」そういって、わたしはてのひらに土をとって、注意《ちゅうい》深《ぶか》くメイベルにふりかけた。

パパとおじいちゃんが、メイベルに土をかけているあいだに、わたしは家のなかにはいった。

おばあちゃんは、もうひと山の洋服《ようふく》を洗濯機《せんたくき》にいれているところだった。

「まったく！」おばあちゃんは首をふりながらいった。でも、それから、わたしをだきしめて、ホットチョコレートをつくってくれた。ながいこと庭《にわ》にいたから、わたしはひえきっていた。

部屋《へや》にいくと消毒《しょうどく》のにおいがのこっていた。からっぽの洋服《ようふく》ダンスを見ると悲《かな》しくなった。メイベルをミイラにして、ずっとそばにおいておきたかった。死《し》なないでいてほしかった。あんなにいじわるをしなければよかったのに。とても悲《かな》しかった……でも心配《しんぱい》ごとがなくなって、ほっとした気持《きも》ちになった。

次の朝、学校にいったけれど、ソフィーやローラ、アーロンにも、わたしのやったことは話さなかった。もちろんモイラに話すわけがない。ソフィーは、すぐにメイベルがかえってきたかどうかきいた。わたしはふかく息《いき》をした。

「うん。メイベルのこと、見つけた。でもね、死《し》んでいたの。だからお庭《にわ》にうめてあげたんだ」

ソフィーが、わたしをやさしくだいてくれた。ローラも同じようにした。アーロンは、どうしてよいかわからずに、「かわいそうに」とつぶやいた。モイラが質問をはじめた。メイベルをどこで見つけたのか、どんなようすだったか、メイベルには、カビがはえはじめていたかときいてきた。

「だまってちょうだい。もう話したくないの」

ソフィーとローラ、アーロンも、モイラにだまるようにいってくれた。モイラはみんなのいうことをきいた。

スミス先生が、メイベルのことにひとこともふれなかったのは、すごくありがたかった。スミス先生は、わたしを特別《とくべつ》あつかいしなかったし、わたしがお気にいりの生徒《せいと》だとわかるようなそぶりは、いっさい見せなかった。スミス先生が、あまりにほかの先生とかわらないので、がっかりしたくらいだった。でも終業《しゅうぎょう》ベルがなると、スミス先生はわたしをよんだ。

「スミス先生、どうしてよんだのかしら?」ソフィーがいった。

「おこられるんじゃないといいけど」ローラがいった。

「わたしはおこられたほうがいいな」モイラがいった。

「あまり時間がかからないといいけどな。きょうは公園《こうえん》においでよ。ヴェリティは、ずっときていないだろ」アーロンがいった。

スミス先生の用事《ようじ》は、時間がかからなかった。ほほえみかけて、やさしく気分はどうかときいてくれた。

「メイベルのこと、悲《かな》しくて、どうしようもないの」

「そうでしょうね。ねえ、これ。あなたのために本を見つけたの。古代《こだい》エジプトの死《し》についての本なの。死《し》んだ人のためのおいのりや、魔法《まほう》の呪文《じゅもん》がたくさんのっているのよ」

「死《し》んだねこのためのおいのりも？」

わたしは真剣《しんけん》な目をしてきいた。

「それはわからないわ。それなら、おいのりをつくればいいのよ。きれ

いに書いて、メイベルの絵もかくの。メイベルの本をつくってもいいんじゃない？　メイベルの写真《しゃしん》をはって、楽しかったことを書きそえるの。メイベルの思い出をのこすには、いちばんの方法《ほうほう》じゃないかしら」

「それ、最高《さいこう》！」そういってから、はずかしかったけれどこういった。

「わたし、スミス先生のこと、だいすき。まえから、ずっと、いちばんだいすきな先生だったの」

スミス先生はわらって、ほほを赤らめた。そして、もういきなさいといった。

わたしは、おばあちゃんと、アーロン、アーロンのママ、赤ちゃんのエイミー、それからリッキーといっしょに公園《こうえん》にいった。

公園《こうえん》にいくとちゅう、メイベルのポスターがはってあって、悲《かな》しくて下をむいていた。でも公園《こうえん》では、楽しく遊《あそ》ぶことができた。リッキーがボールをくわえてはなさいので、おいかけっこをすることになったからだ。メイベルのことをわすれられるくらい楽しかった。

家にかえると、またメイベルのことを思いだしてしまう。庭《にわ》にいって、お墓《はか》にひざまづいて、メイベルに話しかけた。土はまだかたく、おしかためられていたので、メイベルの魂《たましい》は、箱《はこ》からぬけでてはいないようだった。

おじいちゃんがよんだけれど、わ

たしは家のなかにはいりたくなかった。おじいちゃんは庭《にわ》にくると、しばらくいっしょにいてくれた。

それからパパがかえってきた。わたしのところにきて、やさしくだいてくれた。

「三日もつづけて、はやくかえってきたね」

「毎日、はやくかえってくるようにするよ。ヴェリティ、もっといっしょにいる時間が必要《ひつよう》だったんだね。ママが死《し》んでしまったことを、悲《かな》しんでばかりいてもなにもならない。それにヴェリティ、おまえがいてくれて、ほんとうにしあわせだよ」

まるで会社からのかえり道に、練習《れんしゅう》をしてきたみたいないいかただったけれど、とてもうれしかった。

パパが、学校でスミス先生が、なにかいっていなかったかきいたので、メイベルの本をつくることを話した。

「それはいいアイデアだね！　スミス先生はなんて頭がいいんだろう。ヴェリティ、すてきな先生がいて、ほんとうによかった。明日は土曜日だから、メイベルの本をつくる、特別《とくべつ》なノートを買《か》いにいこう」

第9章

メイベルの本

パパとわたしは、おおきなノートを二さつ買《か》ってきた。一さつはメイベルのノートで、もう一さつはママのノートだ。

「メイベルの本は、ヴェリティがひとりで書くんだよ。ママの本はいっしょに、パパとヴェリティのふたりで書こう。ママのことを話しておきたいんだ」パパがいった。

「ママのこと、話してもだいじょうぶなの？」

「もちろんさ。話したほうがいいと思うんだ。話さなかったのは、まちがい

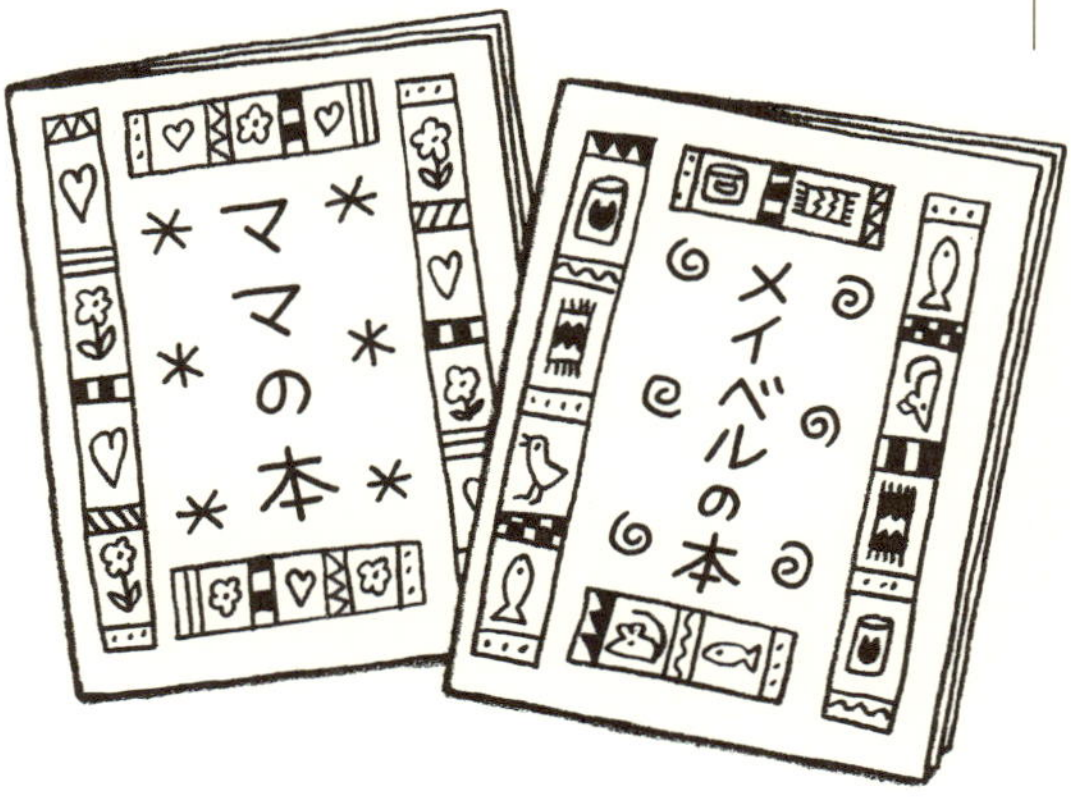

だった」

「おばあちゃんや、おじいちゃんとも話していいの？」

「それは、やめておいたほうがいいかな。おばあちゃんは、まだ悲《かな》しく思うかもしれないからね」

「スミス先生が、ママのことを話すようにいったの？」

パパの顔が赤くなった。

「う、うん。そうだな……そうなんだよ。スミス先生がいってくれたんだ」

「スミス先生って、とてもすてきなことを思いつくでしょ。わたし、だいすきなの。パパはスミス先生のこと、すき？」

「ああ、もちろん。とてもすきだよ」そういったパパの顔がもっと赤くなった。パパがにっこりした。わたしもわらった。

パパとわたしは週末《しゅうまつ》をつかって、二さつの本にとりくんだ。

ママの本

ママがちいさいころのしゃしん。
ヴェリティに そっくりでしょ。
（わたし、こんな ワンピース
きないけど！）

ちいさいころの ママは、本をよむ
のが すきで、おどるのが すきで、
およぐのが すきだったんだって。
（わたしも！）

ママは、ペットが ほしかったん
だけど、おばあちゃんが いや
がったので、 おとなになって

パパとけっこんするまで
またなくちゃ ならなかったの。

そして メイベルが やってきた。

（世界《せかい》で
いちばんの
ねこ）

ママとパパは、こどもが とても
ほしかったんだって。あかちゃんが
おなかのなかにいて、 とても
しあわせそうな ママのしゃしん。
（おなかのあかちゃんは わたし！）

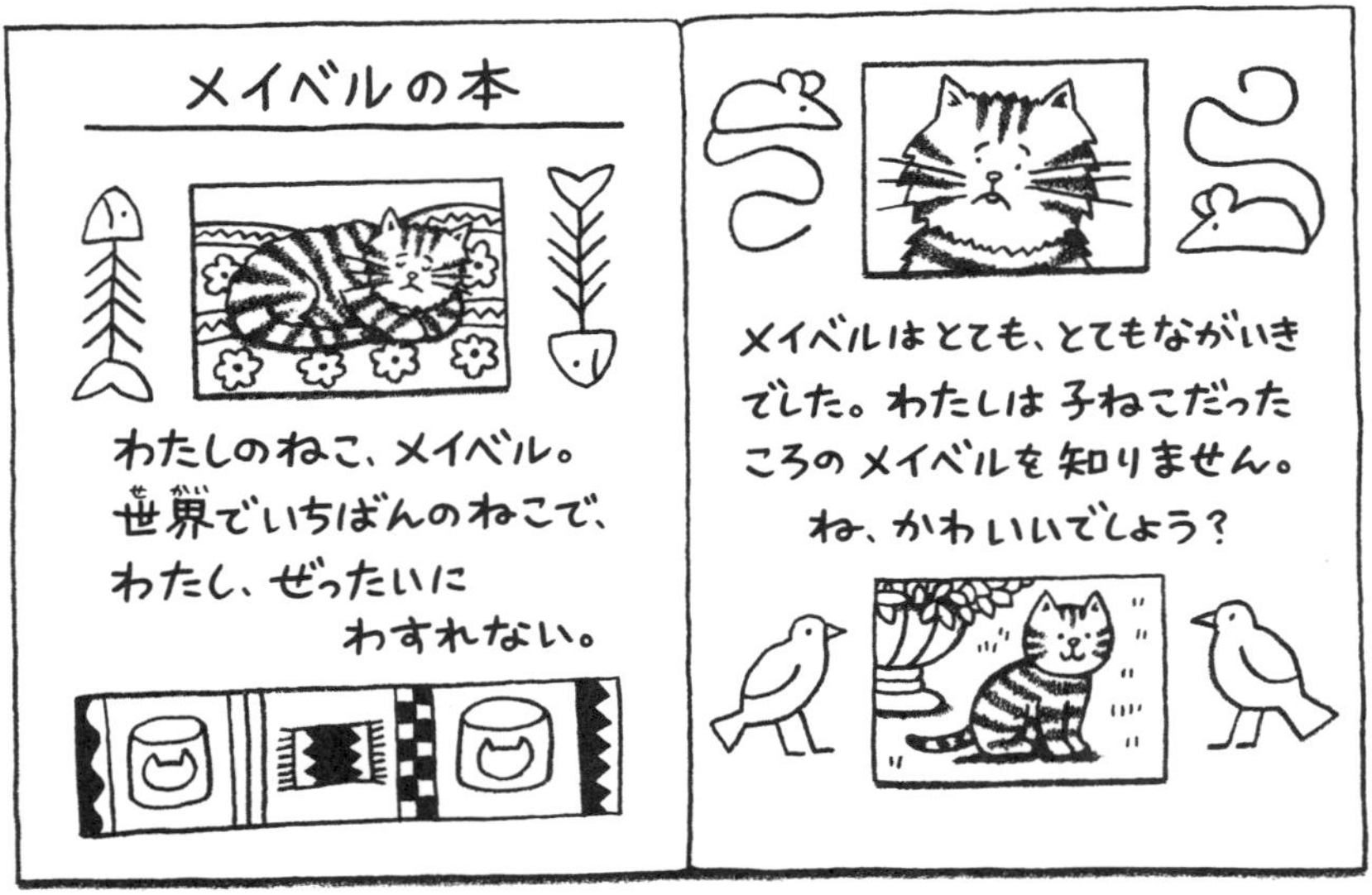
メイベルの本
わたしのねこ、メイベル。
世界《せかい》でいちばんのねこで、
わたし、ぜったいに
わすれない。
メイベルはとても、とてもながいきでした。わたしは子ねこだったころのメイベルを知りません。
ね、かわいいでしょう？

ねえ、すごいニュースがあるんだけど、わかる？　わたし、子ねこをもらったの！

日曜日にソフィーがおかあさん、おとうさんといっしょにやってきた。それで子ねこをいっぴきくれるっていってくれたの。はじめは、どうしたらいいかわからなかった。子ねこは、とてもほしかったけれど、メイベルのことを思うと、なんだかとてもうしろめたいような気持《きも》ちがしたから。

「ヴェリティ、おまえの気持《きも》ちはわかるよ。でもメイベルのことを愛《あい》しているからって、ほかのねこをかわいがってはいけないわけじゃないさ。パパがヴェリティだったら、まよわず、おいで、子ねこちゃんっていうな」

わたしはソフィーの家にいって、ソフィーといっしょにスポーティ、スケリー、ベイビー、ポッシュと遊《あそ》んだ。

みんな、かわいかった。スポーティはもうカーテンにのぼったりするの！

スケリーはぼうけんずきで、ぜんまいじかけのカエルをおいかけまわしていた。ポッシュはいちばん美人《びじん》で、じぶんでもそれがわかってるみたい。まるでポーズをつけるようにエレガントにのびをするんだもの。でもベイビーは、だきしめたくなるほどかわいいの。

「いちばんすきな子をつれていっていいのよ」ローラがいった。

「でもスポーティはやめたほう

がいいかな。いたずらっ子だから。スケリーはへんな子でしょ。ポッシュはほんとにきれいでしょ」

えらぶのはかんたんだった。わたし、ベイビーのことが、ほんとうにほしかったから。

というわけで、わたしは、じぶんの子ねこをもっているの。とても愛《あい》してる。ちゃんとせわをするし、どなりつけたりしないわ。わたしがおとなになるまで長生きしてほしいな。でも、わたし、わかっているの。ベイビーのこと、メイベルを愛《あい》したほどには愛《あい》せないということ……。

あとがき

家族《かぞく》のひとりともいえる、だいすきなねこ、メイベルが死《し》んでしまって、ヴェリティがどんなに悲《かな》しくて、さびしかったか、ペットを飼《か》ったことがある人なら、とてもよくわかると思います。古代《こだい》エジプトの人びとがミイラを作ったのも、もともとは自分の愛《あい》した人、だいじな人と、ずっといっしょにいたかったからかもしれませんね。

家族を愛《あい》することや、死《し》ぬことへのおそれ、生きることを大切にする気持《きも》ちは、古代《こだい》エジプトの人びとも、現代《げんだい》に生きるわたしたちも変《か》わらないのだな、と思います。

ところで、ミイラって、どんなものだと思う？　ぐるぐるからだじゅうにほうたいをまいた怪物《かいぶつ》……、昔《むかし》のホラー映画《えいが》のイメージがあって、とてもこわいものに思えるかもしれませんね。

どうして古代《こだい》エジプトの人たちは、ミイラを作ったのでしょう。死《し》ぬこと、生きることについて、どんな考え方をもっていたのでしょう。それをしると、ミイラが、ただこわかったり、気持《きも》ちの悪《わる》いものではなくなるのではないかな？　それではスミス先生のかわりに、古代《こだい》エジプトとミイラのことをかんたんに書いておきましょう。

古代《こだい》エジプト文明は、北アフリカのナイル川のまわりの豊《ゆた》かな土地に、いまから約《やく》五〇〇〇年前、紀元前《きげんぜん》三二〇〇年ごろから、三〇〇〇年以上にわたって栄《さか》えました。古代《こだい》エジプトの人々は、太陽神《たいようしん》ラーをはじめ、さまざまな神様を信じていました。自分たちをとりまく自然環境《しぜんかんきょう》、太陽《たいよう》、月、川、雨や風などの自然現象《しぜんげんしょう》、そして動物などあらゆるものに神がいると考えたのです。死者《ししゃ》の国の神がみの王であるオシリス、文字の神トト、空の神ホルス、ミイラづくりの神アヌビス、もちろん、ねこの女神《めがみ》バステッドもいました。それぞれの神様についてのお話、たくさんの神話《しんわ》が生まれました。

さて、このお話にも書かれているように、古代《こだい》エジプトの人びとは、肉体は死《し》んでも、「死の国」で魂《たましい》は永遠《えいえん》に生き続けると考えていました。

人には「バー」という魂《たましい》と、「カー」という、死《し》んだ人とおなじすがたをした魂《たましい》があると信じられていました。人が死《し》ぬと、バー、カー、ふたつの魂《たましい》はからだからぬけだして、お墓《はか》のなかで生きつづけます。バーは、生きている家族《かぞく》や、ともだちとのつきあいをつづけます。カーは、死《し》んだ人のからだと、死《し》の国のあいだをいったりきたりします。古代《こだい》エジプトでは、このように、人は死《し》んでも、お墓《はか》のなかで、この世《よ》で生きていたときと、まったく同じように生きていると考えられていたのです、だから、バーとカーというふたつの魂《たましい》がもどるからだがなくなってしまっては、こまってしまいます。

そこで、死者《ししゃ》のからだをからからにかわかし、くさらないようにしたミイラを作る方法を研究したのです。もともと、エジプトは砂漠《さばく》があって、そこに死《し》んだ人をうめれば、自然にミイラになったと考えられます。ところが、王様など位《くらい》の高い人が、砂《すな》にまみれないようにお墓《はか》をりっぱにしたところ、ミイラにならずにくさってしまうようになりました。

死《し》んだ人をくさらせないようにするには、どうしたらいいか？　古代《こだい》エジプトの人びとは工夫《くふう》に工夫《くふう》をかさねて、何百年もかかってミイラの作り方を考えました。エジプトのミイラは、じつによく作られていて、何千年もたった現在《げんざい》でも、きちんと、のこっています。

さて、死《し》んでから、「死《し》の国」にかんたんにいけるかというと、そうではありません。いろいろな神様がいる門をくぐらなくてはならないのです。とくに重要《じゅうよう》なのが、死《し》の国の王であるオシリスの審判《しんぱん》です。オシリスは死《し》んだ人が悪いことをしなかったかどうか、質問《しつもん》します。このとき死《し》んだ人は、真実《しんじつ》を告白《こくはく》しなければなりません。死《し》んだ人の心臓《しんぞう》と、真実《しんじつ》の神様である女神《めがみ》マアトの羽《はね》が、はかりにかけられ、もしも、つりあわなければ、「うその告白《こくはく》をした」ということがわかってしまいます。そして、ワニの頭、ライオンの胴《どう》と前足、カバの後ろ足をもつ、アメミットという怪獣《かいじゅう》に心臓《しんぞう》を食べられてしまうのです。

このように死《し》んでからも、いろいろな困難《こんなん》がまちうけています。その困難《こんなん》を乗《の》り越《こ》えるために、たくさんのお祈《いの》りの呪文《じゅもん》を書いたものをいっしょに葬《ほうむ》りました。それが、このお話にもでてくる「死者《ししゃ》の書」とよばれるものです。死者《ししゃ》が「死《し》の国」にいく旅の案内書《あんないしょ》ようなものだったのですね。

そうそう、ヴェリティがメイベルのミイラにかいた「ホルスの目」は、死《し》んだ人のまもり神です。「アンクの十字《じゅうじ》」は「いのちのしるし」という意味《いみ》があるのです。死《し》んだ人をとてもたいせつにしていたのがわかります。
それにしても、古代《こだい》エジプトの人々の知識《ちしき》、知恵《ちえ》にはおどろかされますね。

吉上《よしがみ》　恭太《きょうた》

参考資料
アリキ作「エジプトのミイラ」　あすなろ書房
松本　弥　著「物語　古代エジプト人」　文春新書
近藤和彦　編「西洋世界の歴史」山川出版社
吉村作治　著「ファラオと死者の書」小学館ライブラリー
吉村作治　著「ピラミッド文明・ナイルの旅」ＮＨＫライブラリー

ジャクリーン・ウィルソン（Jacqueline Wilson）
1945年イギリスのバースに生まれる。ジャーナリストを経て、作家として活躍。『おとぎばなしはだいきらい』（偕成社）でカーネギー賞を、『バイバイわたしのおうち』（偕成社）で子どもの本賞を受賞。
その他の作品に『マイ・ベスト・フレンド』（偕成社）、『ガールズインラブ』（理論社）などがある。

ニック・シャラット（Nick Sharratt）
1962年イギリスのロンドンに生まれる。美術学校を卒業を、雑誌や児童書のイラストレーターとして活躍。ジャクリーン・ウィルソンの多くの作品にさし絵を描く。絵本に『あかちゃんはどこから？』（ポプラ社）、『ちゃんとたべなさい』（小峰書店）などがある。

吉上恭太（よしがみきょうた）
1959年東京都に生まれる。週刊誌、児童書編集者を経て、現在は編集、小説、音楽など様々な分野で活躍。絵本の翻訳に、『きこえるきこえる』『ちゃんとたべなさい』（小峰書店）、『おねえさんになるひ』（徳間書店）、児童書の翻訳に『ゲーターガールズふたりはなかよし』などがある。

おはなしプレゼント
わたしのねこメイベル

2003年7月17日　第1刷発行
2005年6月10日　第4刷発行
作　者・**ジャクリーン・ウィルソン**
画　家・**ニック・シャラット**
訳　者・**吉上恭太**
発行者・**小峰紀雄**
発行所・株式会社**小峰書店**　〒162-0066 東京都新宿区市谷台町4－15
電　話・03－3357－3521　FAX・03－3357－1027
組　版・㈱タイプ アンド たいぽ　印刷・㈱厚徳社　製本・小髙製本工業㈱

ISBN4-338-17015-8
NDC933 142p 22cm

http://www.komineshoten.co.jp/